李老三
大花
燕子
歪歪梨
二鼻涕
二帽子
花花尝
王大粮
王大乐呵
王千铁
李芝麻
王三发
彩霞
李不倒
王淑芬
万祥
王老五
小雪
张开犁
王援朝
于飞
大帅
李二土
李万财
高稳柱
李分田

岁月何曾隔两乡

上沟村三十年纪

李辉 著

黄山书社

图书在版编目(CIP)数据

岁月何曾隔两乡:上沟村三十年纪/李辉著.
—合肥:黄山书社,2022.8
(原乡人书系)
ISBN 978-7-5737-0240-1

Ⅰ.①岁… Ⅱ.①李… Ⅲ.①散文集-中国-当代
Ⅳ.①I267

中国版本图书馆CIP数据核字(2022)第148530号

岁月何曾隔两乡:上沟村三十年纪
SUIYUE HECENG GE LIANGXIANG SHANGGOUCUN SANSHINIANJI

李 辉 著

出 品 人 贾兴权
责任编辑 高 杨
责任印制 李 磊
装帧设计 有品堂_刘 俊
出版发行 黄山书社(http://www.hspress.cn)
地址邮编 安徽省合肥市蜀山区翡翠路1118号出版传媒广场7层 230071
印 刷 安徽新华印刷股份有限公司
版 次 2022年11月第1版
印 次 2022年11月第1次印刷
开 本 880 mm×1230 mm 1/32
字 数 200千字
印 张 9.25
书 号 ISBN 978-7-5737-0240-1
定 价 52.00元

服务热线 0551-63533706
销售热线 0551-63533761
官方直营书店(https://hsss.tmall.com)

目录

第三章　娶媳妇的故事

第四章　那些夜晚

第一章

世界上最偏僻的村子

世界上最偏僻的村子

我们村叫“上沟”。在我还没听说过也没学过“愿者上钩”这个词的时候，大花就嫁给我们村的李老三啦。那天，李老三喜滋滋地，又紧紧地，攥着大花的手，把她领进了自家的院门，迈进了神圣的婚姻殿堂——他家三间瓦房中的一间。

李老三家的房子原来是草房。改革开放的春风先从北京高屋建瓴地吹到我们省城，然后从省城欢欣鼓舞地吹到我们市里，再从市里星火燎原地吹到县里、镇里、公社，又经过好几个村子好几道山梁，最后才敲锣打鼓地吹到了我们村；在我们村一直吹了两年，终于百感交集地把李老三家草房上的草吹掉，换成了瓦。

草是房子的百年旧衣，瓦是房子的时代新装。房子的变化，使李老三终于也像丢弃了一块破烂的遮羞布，换上了一身新鲜正经的衣服。

大花对李老三的“新衣”和李老三家买给她的新衣都还算满意。

所以，这间房子，才会成为两个人的殿堂。

李老三把大花的手攥出了爱的印痕，就像担心大花会跑掉一样——他一直是这么担心的。

直到结婚第二天早上。

上沟，上沟，真是便宜和成全了李老三。

上沟是我们村的“小名”，“大名”叫陈家沟村上沟。

后来，要不是听说了“沟”和“梁”打架的事，我根本不知道大花原来是被李老三“骗”来的。

那年秋天——对，时代到了，季节也到了——我们村的几个人，李老三和大花，还有高稳柱、歪歪梨，这辈子有机会第一次去市里卖苹果。因为对眼前的环境有些陌生，又对过去听说过的一些事情有些害怕，所以他们几个人和苹果筐都挨在一起。

一个女市民走过来，低头看看苹果，抬头看看大花，问大花是哪的。大花刚要答话，李老三给她使了个眼色，抢着说：“我们是小梁前的。”女市民说：“小梁前？我咋没听说过这个地方呢。不过你们的苹果看着倒是不赖，买五斤。”

女市民买了苹果走了，李老三左右一看，高稳柱和歪歪梨正横眉竖眼地瞪着他呢。李老三吓了一跳，赶忙问咋啦，高稳柱说：“你说咋了？还嫌咱们村不够偏是不？明明是上沟的，非说成是小梁前的，出来就跟着你丢人！”歪歪梨把苹果筐往远处挪了挪说：“以后你要再说是小梁前的，就别挨着我卖苹果。”

李老三听明白了。再扭头一看大花，大花正靠在身后墙根那抹眼泪呢——李老三也明白了。

“小梁前”是属于我们陈家沟村地界最偏最远的一条深深长长的山沟，跟我们上沟隔着一道大梁而不是小梁。沟里只住着刘姓兄弟两户人家。因为太偏僻了，两兄弟一直想搬出来；可是因为太偏僻了，出沟的路实在难走，“家”就一直搬不出来。

这么一个恨不得九点天亮四点天黑、羊嫌路远牛嫌路窄的地方，我们全上沟人公认干活最勤快最能受累的于老大不会去，年轻时到过更远的山上割过刺槐荆条的李不倒不会去，天天在村里无所事事东家访西家串的王大乐呵不会去，就连每天把手脚洗得干干净净却“手脚不干净”的二帽子媳妇花花尝也不会去。

在我们上沟人眼里，拿小梁前跟上沟比，就像拿上沟跟北京比。

当然，北京只是想象和向往中的北京，我们村里人最远只去过我们市里。

李老三跟市里人说是“小梁前的”而不说是“陈家沟上沟的”，作为土生土长的上沟人，高稳柱和歪歪梨当然不乐意。

“你们俩呀，真是笨。”李老三瞥了瞥高稳柱和歪歪梨，“咱们都知道小梁前更偏，可人家市里人知道吗？陈家沟、上沟都带个‘沟’字，我一说人家就猜到是小山沟小地方；小梁前小梁前，‘梁’的前面嘛，听着像是平地，至少比‘沟’宽敞。你们说我是给你俩丢面子了呢，还是给你俩长面子了呢？”

“这……这样啊……”高稳柱和歪歪梨互相对视了一眼，语气像腐坏的苹果一样软塌下来，“上沟，小梁前；小梁前，上沟……别说，好像还真是这么回事。对，小梁前的，就是小梁前的。”

歪歪梨把刚刚挪远的苹果筐又挪回李老三这边。

“骗呗，就知道骗！几年了也没见改。”大花的气却好像还没消。

面对大花的数落，李老三倒是没说啥。还把刚刚收的卖苹果钱交给了大花。这是李老三欠大花的。一辈子都欠。

那一年，李老三和大花、高稳柱、歪歪梨他们都还年轻，李老三还是李小三，大花还是小花。

我就更小了。

我们村确实已经很偏了。

其实，我们“上沟”只是“陈家沟村”所属的四个自然村之一——“小梁前”不过是一条山沟，不能叫村——另外三个村分别叫下沟、山咀、马家沟。这四个村子里，我们上沟是最边缘也最偏僻的一个。

从小，我就觉得，我们全上沟近一百户人家，五六百口人，每天晚上，不是睡在炕上，而是睡在一个大摇篮里；也不是睡在屋子里，而是睡在一个盆地里，或者叫没有水的湖里。

我们上沟坐落在南北走向的两座山中间。村北到村南有一里半地，东山根到西山根最远处将近三百米。民房建在两侧山根和半山坡，唯一的出村大道南北方向穿村而过。靠近村子的北边，大道向西北方向分了个岔，岔出一条两百多米长的山沟，叫西沟，里面住着二十多户人家。

如果从空中看，我们上沟的整体轮廓，也就是山间凹地的形状，像长了一小截侧枝的树干。

村子最北边的一户就是李老三家。过了李老三家再往里边的“北沟”走，路两旁的狭长平地和山坡上是全村各家各户的农田和果园。沿着北沟一直走，从“头道坡”的坡底下一直走到“三道坡”的坡底下，就到了我们村子地界的尽头；再往前，就是另一个公社所属的另一个村子的农田了，而这个叫“鹰手营子”的村子，要翻过一座小山丘才能看见。所以，也可以说，这座小山丘才是我们村子的最北端——它把我们村子从北边封闭起来。

现在就很清楚了：我们村，不但是陈家沟村的边缘，还是陈家沟村所在公社的边缘。而且，我们上沟和北边的邻村鹰手营子，因为远远地隔着北沟和山丘，鸡鸣狗叫互不相闻，村民之间也少有往来。

我们村的特别之处在于：原本，村子的南边并不是封闭的，因为东西两座山并没有连在一起。可是人的力量总是伟大而神奇的，特别是在伟大而神奇的 20 世纪 50 年代——新修的“(北)京承(德)铁路线”从北京一路穿山钻岭而来，从我们村子的西南向南向东延伸时，人工以巨量土石筑起了三百多米长、十多米高的路基。最后，这段人工路基与东山相连，把出村路一截两断,把南出口彻底封死——就像“口”字写下最后一横。

我们村叫上沟,跨过铁路线就叫下沟。下沟以下,地势渐渐开阔起来。

出村路被“人定胜天”的铁路路基堵死了,怎么办呢?于是在出村大道、路基、东山的三合一交汇点(也就是“口”字的收笔处),在路基下又挖了一个隧道,水泥白石灰墙壁,叫作“洋灰筒子”。

从那时起,我们村出村反倒有两条路可走:一是仍然走出村的大道,从洋灰筒子穿过去;另一条就是从洋灰筒子旁边坎坷陡峭的东山坡爬上铁路路基,走铁路线,三里地到山咀,五里地到火车站——坐上“票车”,向北半个小时到市里,向南五六个小时到北京。

因为原本的出村大路是土路,而铁路沿线的路更硬实更好走些,所以村里人出村时,比如上中学,串亲戚,赶集,去火车站……只要身体条件允许,能爬上那个东山坡的,一般都会走铁路线;如果是村里腿脚不方便的李万财、大亮,或者推小推车,赶牲口,交公粮,骑自行车带人带东西……就只能走大路。

人工铁路路基有半个东山那么高。如果把洋灰筒子堵死,我们村就是一个完全封闭的盆地;如果再有足够多的水灌进来,我们村就是一个湖。

这回知道我们村到底有多偏僻多封闭了吧。

要不然,改革开放的春风吹到并吹绿我们村,怎么那么慢那么难呢。

就是这么一个又偏僻又封闭的村子——没错，当初，李老三就是因为跟大花说是“小梁前的”而没说是“陈家沟上沟的”，才把大花哄骗到我们村，最后哄骗到他家的。

大花还怪漂亮的呢。

三十年以后。

李老三和大花，还有高稳柱、歪歪梨，去市里卖苹果。市里人问李老三是哪的，李老三回答：“我就是咱们市里的。”高稳柱和歪歪梨也在旁边帮腔：“对，对，我们就是市里的。”市里人说：“市里的？我看你的苹果咋像小梁前的呢？肯定是从小梁前进的货。买五斤，多少钱？微信转给你。”

“二维码在我媳妇那，钱都是她收。”李老三指了指身边的大花。

市里人会心地笑了笑，“扫一扫”大花手里的二维码硬纸片，拎着苹果走了。

“明明是陈家沟的非说是市里的。骗呗，就知道骗！一辈子也不改。”大花一边查看手机微信到账，一边奚落李老三。

三十年了，大花的气好像还没消。

李老三有点急了，掏出身份证拿到大花眼前晃了几晃：“我咋骗人了？咱这身份证上明明白白写着‘市高新区陈家沟村’。市高新区，懂吗？高新区！”

高稳柱和歪歪梨也对大花的说法有意见:“本来就是市里的嘛,老三没说错。以后你要是还说你是陈家沟的,干脆就别来市里卖苹果,你就在陈家沟猫着别出村。”

还真不能说李老三骗人。三十年后,我们全村人,包括已经五十多岁的外来媳妇大花,都从沟里人变成了市里人——我们村所在的镇整体从县里划归到市里,还是“市高新技术产业开发区”呢。

连小梁前都算。

“好吧好吧,市高新区,市高新区,离市区八百里远也叫市里。”大花斜楞了李老三一眼,转瞬又喜笑颜开:“嘿嘿,你说这‘高新技术’可真方便,微信扫一扫,人家买苹果的钱就跑到我手机里来了,连零钱都不用找!嘿,谁让咱是‘高新区’的呢……”

“卖苹果啦,卖苹果啦——”看到有人走过来,李老三一边高声吆喝,一边给大花使了个眼色。

毕竟在一起生活了三十多年,大花和李老三相互间早已心有灵犀,她冲着李老三会意地点了一下头,亮起嗓门喊出后半句:“高新区的,高新区的苹果——”

李老三家的苹果树比三十年前多了三四倍,不过比起村里王森林家的还是少多了。

小梁前的刘家兄弟早已经迁出,在国家扶贫政策帮扶下,在下沟建起了新房。那条深深长长的山沟和两侧的山坡,被我们上沟的王森林承包了。他在山坡上盖了个简易房,带着媳妇和儿子住了进去。

三年后,高新区陈家沟村小梁前变成了果园和养殖场——王森林一家在沟沟坡坡上,栽种了苹果树、枣树、核桃树,养起了鸡、羊、牛,还有驴。小梁前名声渐起。

进沟的路也好走多了。王森林一家为修路费了不少力气,花了不少钱,村里对改善这条路也很重视——据说每年都会有“上边的”来检查指导工作。

“要是能像咱们村里一样修一条水泥路就好了。”王森林说。

村里人早就不再说小梁前偏了,可是,大花从市里卖完苹果坐公交车回家的路上,还一直唠叨着:“要我看呀,咱们村就是全中国最偏僻的高新区,对,最偏僻的高新区。早知道叫上沟不叫小梁前,当年我根本就不会来……”

陈家沟村没有人家姓陈

县师范学校毕业的姜老师这辈子第一天当老师，我们一群小小子丫头片子这辈子第一天当学生。

共同的人生第一课开始了。

“王千铁！”“到！”

“郭志刚！”“到！”

“老师，郭志刚外号叫二鼻涕。”二明说。

“别说话。王淑芬！”“到！”

“高二明！”“到！”

“老师，二明他爷爷就是六爷子。”二鼻涕郭志刚说。

“别说话。于大海！”“到！”

“李桂花!”“到!”

“王大娘——怎么还有叫这个名字的……”

“老师,我叫王大粮,不叫王大娘。”

“哦,王大粮!”“到!”

“郑小娟!”“到!”

“刘力!”“到!”

“王欣欣!”“到!”

……

“还有没有没叫到的同学?”

“老师,你咋没叫李大宝呢,他是我大爷家的小弟弟。”一个小小子说。

“大宝又不是学生,他还小呢,他妈还天天抱着他呢,咋来上学?”一个小丫头说。

“老师点名呢,你俩别说话。奇怪。”姜老师说。

“老师,我们村没有叫七怪的……”好几个声音一起说。

姜老师说完“七怪”,就急忙忙走出了教室,红着脸,擦着汗。

他问我们“陈家沟小学”的王校长:“校长,真奇怪!我——我来咱们学校没来错吧?”

“小姜老师,你这是咋啦?出啥事啦?”

“校长,咱村是叫陈家沟村吧?咱学校是叫陈家沟小学吧?”

“小姜老师,你看你这话问的,这还能有差?我就是咱陈家沟村人,在咱陈家沟小学当五年校长了。”

“那就对了。可是,陈家沟村陈家沟小学,我刚才点名,全班四十个学生，咋一个姓陈的也没有呢？我还以为我第一天报到走错学校了呢，真是急死人。”

我个头小，坐在第一排，姜老师和王校长在教室门外的对话，都被我和同桌王淑芬听见啦。

我家和王淑芬家很近，我俩以前在一起玩没少打架，不是她哭就是我哭，或者同时哭。今天，当上小学生了，果然不一样，我俩终于第一次同时捂着肚子笑了。

隔壁桌的王千铁和郑小娟也双双笑了。

我们村叫陈家沟村，可是陈家沟村确实没有姓陈的人家。

上沟没有，村大队部和小学校所在的下沟没有，属于陈家沟村、离我们上沟下沟还有三四里地的山咀和马家沟就更没有了。

我那些马家沟的同学全都姓郑，没有一个姓马；山咀的同学几乎全姓王；下沟的同学大部分也姓王。

这四个自然村里，我们上沟的姓是最热闹最复杂的：近一百户人家，有九个姓。

姜老师在没有陈姓学生的陈家沟小学留了下来，一直把我们教到小学毕业。

上四年级的时候，我们的新任语文老师，也就是我们的王校长，在黑板上写下了两行字：“陈家沟”于清朝顺治年间首居户姓陈而得名，至今已有约三百三十年历史。

王校长给我们讲解了这句话的意思，然后说：“大家想象一下这个姓陈的人第一次来到咱们这里的情景，写一篇四百字的作文。”

我害怕王校长从上一年级就开始了，而崇拜王校长，是从他写下那两行字开始的。

可是王校长不按常规出题。

我们都写不出这样的作文来，写完一句“很久很久以前”，就不知道怎么写了。

也正是从上四年级开始，王欣欣同学越过“三八线”侵占同桌刘力地盘的事就更频繁更严重了。

谁叫王校长是王欣欣她爸呢。

我回家问我爸：“爸，咱们陈家沟村怎么没有姓陈的人家？”

“一百多年前就没有了。后来咱李家人想把村子改成李家沟，可是郭家人不同意，他们还想叫郭家沟呢。两大家子打了一架，最后就都没改。”我爸说。

然后，爸从家中长条柜最底下取出一个木盒，从里面拿出一个塑料包裹，打开好几层塑料布，一些发黄、边角破碎、写满毛笔字的旧宣纸出现在我眼前。

“这是咱们李家的家谱。还有我爷爷的爷爷当年从郭家买地的地契，王家做的中间人。”

爸小心翼翼地摊开家谱给我看。可是那上面的字，怪怪的，除了李字，其他的我一个都不认识。

“其实，那时候，咱们李家和郭家是亲戚。这么论起来，你还得管二鼻涕叫二叔。”

早知道二鼻涕是我二叔，我就叫他大名不叫他的外号了。

不对，跟我家是亲戚还跟我家打架，以后我还得继续管他叫二鼻涕。

我们上沟有九个姓，其中的李、王、郭、于是大姓。

爸要是不说，我没觉得我家和二鼻涕家是亲戚。

我对结婚联姻这事还不太懂。

于文武家和王花枝家是隔着一条小道的邻居。有一天，于文武和王花枝不知道为什么就结婚啦。结婚的时候还挺热闹，鞭炮声响得跟过年似的，全上沟大人小孩都去看。我看到几个妇女把花花绿绿的新被褥从王家抱到了于家。

原来结婚就是换个地方睡觉啊。

那天我开始意识到，两个人结婚——换个地方睡觉后，两家人就成亲戚了。

这个发现让我突然明白了一些事情。难怪，村里谁家有老人去世了，别人家的女人、大花一样外来的媳妇也会去哭上几嗓子。原来，村里几个姓之间，有好几家是互相通婚的——于是就连原本没有直接姻亲关系的，拐弯抹角也成了亲戚。

“我那苦命的老舅爷爷啊，一辈子没享到福啊，咋就这么走了呢……”

“大姨姥姥啊，你就睁眼看看你外孙媳妇吧……我再也见不着你啦，大姨姥姥啊……”

“二表叔啊，你就放心地走吧。表弟的婚事就包在我身上啦，你就放心地走吧，呜呜……”

上三年级的那年冬天，王淑芬的三爷爷夜里去世了。一大早，于大海他爸于老大带着他来到王家，让他跪在棺材前，说："你三爷爷没了。给你三爷爷磕四个头。"迷迷糊糊还没睡醒的于大海对着棺材哭起来："三爷爷，三爷爷，你怎么死啦？你不是说今天要去代销店给我买油糕吗？三爷爷，我的油糕……"于老大一巴掌打过去："瞎胡说！不是咱家你三爷爷，是淑芬她三爷爷。咱们是亲戚，你也管他叫三爷爷。"被一巴掌打清醒了，哭声立即结束，于大海差点就笑出来，比老母鸡啄米粒还利落地朝棺材点了四下头，站起来后还不忘抬起右胳膊敬个在学校里学来的礼，喊着"我去找三爷爷买油糕啦"，撒着欢跑了。

村里各家各户的关系远远近近，亲亲疏疏，不管是大人还是小孩，谁真哭谁假装流眼泪，大家都心知肚明。

我也终于明白，为啥我妈说，按照辈分，我应该管我们的王校长叫大表哥。妈妈是下沟王家人，王校长要管妈妈叫姑姑。

我可不敢管王校长叫大哥。哪有学生管校长叫大哥的。

姥姥家离我们的小学校不到一百米远。课间，渴了我就去姥姥家喝口水。我不愿意二鼻涕和我一起去，虽然我们两家还是亲戚——他总是拖着两条长长的鼻涕，一吸一吸的，我怕他把姥姥家的瓢和大水缸里的水弄脏。王千铁、二明、于大海、王大粮他们几个倒是可以去。

我一直惦记着那个"很久很久以前"的故事。

有些"很久很久以前"，真的不是传说。

三十年以后。

我回村子，老叔陪着我在村里溜达。村子中间王贵家的院墙外，贴着一张村委会选举选民名单。大部分名字我都熟悉，也有些名字我从没听说过。

竟然有个姓陈的——当然，是个陌生的女人的名字，陈秀玲。

“就是李老三的儿子大城的媳妇。”老叔说，“对了，大城这个名字是他妈大花给起的。大花天天说，还是大城市好，沟啊梁啊的没意思。大城在市里打工认识的秀玲，远处的。”

我们村里人，把超过市里那么远的地方，或者干脆凡是没听说过的地方，都叫“远处”。

“咱们陈家沟村终于有个姓陈的人了。”我开玩笑说。

“嘿，可别提了。因为这事，李老三一家还打了一次架呢。”老叔摇摇头。

三年前，秀玲生了个儿子，这可把大城和李老三高兴坏了。没想到，在给儿子取名这件事上，秀玲出了个馊主意、歪点子、幺蛾子。

“咱村叫陈家沟村，可是除了我，一个姓陈的也没有。干脆，让儿子随我姓陈。这样，咱村以后有了陈姓男人，叫起‘陈家沟’来也硬气；将来培养咱儿子当陈家沟村村长，也是名正言顺。”秀玲给大城吹起了枕边风。

大城被媳妇忽悠得晕头转向，头脑发热，就去跟他爸商量。话没说完，一个耳刮子打过来——

“胡说八道！想让我孙子改姓？来来来，你先把你老子姓改了……”

李老三一边训斥儿子儿媳，一边逗孙子玩。儿媳一直哭，孙子被逗得一直咯咯笑。大城左看看，右看看，哭笑不得。

陈家沟村还是没有姓陈的——男人。

姜老师早就调到了镇中学教书。

姜老师把我们这届学生教到毕业后，就离开了我们陈家沟小学，调到了乡中心小学。姜老师调走的时候很体面：我这个全班年龄最小的学生，在“小升初”考试中，获得了全乡第一名。据说姜老师还因此受到了表彰。

小学毕业之后，我就一直没有见过姜老师。后来听说姜老师又调到了镇中学，二鼻涕、于大海、王淑芬、王欣欣他们几个还去看望过。王淑芬仍然记得上学第一天姜老师和王校长的对话，模仿起来，让姜老师和大家差点笑出眼泪。

王校长没有调走，他继续留在我们陈家沟小学，一直工作到退休——恰好我们的小学校撤并取消。

回村子期间，我顺便去下沟看望王校长。他已经快七十岁了。

“大哥，你身体还好吧！”三十年了，王校长早就不是校长，我可以喊他大哥了。

我大哥正坐在我的老同学刘力家门口晒太阳呢。刘力家也是他女儿王欣欣家。

上学时，王欣欣仗着自己爸爸是校长，总是欺负同桌刘力。长大后，王欣欣怕嫁给别人自己受欺负，就嫁给了总是被自己欺负的刘力。果然，王欣欣同学现在生活得很幸福——万一有不幸福的时候，她的老校长爸爸就在刘力面前挺直腰板走几遭。

“大兄弟，你回来啦！”王校长见到我，十分亲切热情。

毕竟，我是他几十年的小学校长生涯里，唯一一个全乡“小升初”考第一名的学生。

三十年了，我一直惦记着那个“很久很久以前”的故事。

我把一张打印纸递给他：“大哥，我补交一份当年的作业。我们上四年级的时候，你不是让我们写作文想象一下姓陈的人第一次来到咱们村的情景嘛。我总算写出来了，给你看看吧。”

“我没戴眼镜，看不清字啦。你给我念念。”

王校长直了直身子，然后，闭上眼睛，看样子是要仔细听我念。这么认真，也许还要给我的作文打分吧。

我开始念：“三百三十年前……”

“不对！”王校长打断了我，“不是三百三十年前，应该是三百六十年前。咱们这不又过了三十年嘛。”

“对呀，又过了三十年了，我怎么把这茬给忘了。”

我的心和手都抖了一下。

我继续念：“三百六十年前……”

“大哥，老校长，你给我的作文打多少分？”

王校长慢慢睁开眼睛，仿佛沉睡了三十年。

“说得还真像那么回事。不过，大兄弟啊，我这个老校长，只能给你打六十分啦。”

“大哥，我才刚及格？”从前，我哪敢跟王校长争论分数。

“光看这作文啊，能打九十分。可是，你这作业，晚交了三十年，一年扣一分，只能给你六十分了。”

我红着脸，低下头。像三十年前在王校长跟前犯了错误一样。

我承认，王校长说得有道理。

我是个差点不及格的人。

我应该早回来看看，多回来看看——看看老校长，看看这个没有陈姓人家的陈家沟。

铁路线高高的，像一座山脉

我们新学了“山脉”这个词，姜老师布置作业，让我们用“山脉”造句。

我造的句子是：我们村的铁路线高高的，像一座山脉。

王千铁明显受了我的启发，他在作业本上写上一句：我们村的铁路线比山脉还高。

二鼻涕为了和我俩不一样，聪明地这么写：我们村的铁路线建在高高的山脉上。

作业本发回来了，我的是一个鲜红的对号，王千铁和二鼻涕的都是勾上加一个叉。姜老师在王千铁的句子后面写着：真能吹牛！在二鼻涕的句子后面写着：仔细观察一下，我们村的铁路线是建在山上的吗？

王千铁默默地把句子改成了“我们村的铁路线没有山脉那么高”。二鼻涕神情沮丧地盯着作业本，他还没明白过来自己错在哪了。

这也不能怪二鼻涕。封闭了我们村的那段铁路线，看起来跟东西两边的山都长在一起，我们早就习惯了铁路线是山的一部分。我知道这段铁路线是人工筑起来的而不是直接建在山上，还是爸告诉我的。

沿着这段铁路线向西不到二里地，有一个山洞。爸说，当年，铁路工人们把挖山洞挖出的土石运过来，正好在原来的平地上垫起了这段三百多米长的路基，跟东西两座山的半山腰相连。

姥姥全家人，包括我妈妈，对这条铁路的修建却有些耿耿于怀。妈常说：当年要是没有修铁路这事，你二姨也不会嫁到远处去，也不至于很多年都见不着一面。

那时，修路的工人大都集体住在临时搭建的职工宿舍，也有少部分被安排借住在上沟下沟的村民家中。其中有个来自东北的工人小宫师傅，就借住在姥姥的邻居家。

小宫师傅工作积极，表现优异，年终被评为“青年突击队优秀队员”“毛主席的好工人”，闻名全村。

铁路线修完，工人要撤走的时候，姥姥家出事了：我妈妈的二姐，也就是我的二姨，非要跟着小宫师傅去千里之外的东北。原来，二姨已经跟他私订了终身。

姥爷姥姥自然不同意。可是二姨已经铁了心，关键是村里也有人劝，说小宫师傅家虽然远了些，却是个正式的国家工人，吃商品粮，人又实在，二闺女跟着他应该不会吃亏受罪。再说了，现在不是有铁路了嘛……

“要不是修铁路还没这事呢。”姥爷说。

不过姥爷姥姥最终还是松了口。

小宫师傅修了铁路，二姨沿着他修的铁路跟着他跑了。

“咱村的铁路跟你家还有亲戚呢。”自从我把二姨的故事讲给大家听之后，每次上学下学路过洋灰筒子，总有伙伴这样跟我说。

村中那段铁路线无中生有，平地而起，我敢说，这是我们村子三百多年里出现的改天换地般的变化。

村里的李二土有事没事就要到铁路线上走一趟。

原来，有一天，李二土要去铁路线南边，也就是去往小梁前方向的山坡上砍柴。上了路基跨越铁路的时候，发现左边几米远的铁轨旁边有个烟盒。李二土跑过去捡起来一看，里边竟然还有半盒烟，而且是带过滤嘴的——我们村里人可买不起过滤嘴香烟，一定是从火车上掉下来的。坐火车的人才买得起。

“我从来没抽过那么带劲的烟，肯定要比‘大前门’还贵。”那天晚上，还有之后的好几天，李二土在村里挨家挨户串门，第一句话总是这么说。

从这以后，李二土，还有村里的王大乐呵、王三儿几个人，往铁路线上跑的次数明显多起来。

有一阵子，于大海上学放学的时候，不再和我们几个一起走，总是上学时早走一会，放学时晚走一会，明显感觉是要故意避开我们。后来我们才知道，他是为了单独到铁路线上，“捡火车上掉下来的好吃的”。

好吃的没捡到，却被他爸于老大骂了一顿，于大海这才重新归队。

李二土在此后的一年多时间里再也没捡到烟，不过倒是吃了一回肉。

一天上午，李二土沿着铁路线“巡捡”到山洞口。一列火车伴着刺耳的鸣笛和更吓人的刹车声从山洞里冲了出来。

李二土走的是铁轨下面的渣土路，所以出事的倒不是他。

火车在不远处停住了。几分钟后，山洞里一瘸一颠地跑出来一个惊慌失措、袖口和裤脚沾了不少血的男人，瘫坐在渣土路上哭喊：“完了，这下完了，牛死了，我的牛被撞死了……”

这个男人是家住山洞那边村子的牲口贩子，牵着一头牛过山洞往山咀马家沟方向去。他知道人平时走过这个山洞需要十五分钟，却没算好牛比人要笨要慢。就在已经看到前方洞口的亮光的时候，火车从后面来了。牛被火车的巨大声响吓傻，呆立在铁轨中间，牲口贩子狠劲拽缰绳拽不动，紧急关头舍牛保命，自己跑进隧道内的安全洞里——牛一屁股被火车撞死了。

牲口贩子差点吓傻，自己拖牛拽牛，蹭了一身牛血，还崴了脚，可是哪里拽得动。等缓过神来，才想起出山洞找人帮忙。火车司机也从车上下来了。牲口贩子含泪请李二土帮忙到自家村里报信。李二土独自穿过山洞，到村里找来好几个村民，又和大家一起帮着牲口贩子把撞死的牛从山洞里拖运出来，送回牲口贩子家。

牲口贩子为了表示感谢，给李二土他们每个人割了五斤牛肉。

“我从来没吃过那么香的肉。比猪肉香，都是瘦肉，也不腻。”李二土说。

李二土可能是我们村里第一个吃到牛肉的人。村里好几家养着牛，可是大家养牛不是为了吃肉，是要牛干活的，是为了攒牛粪种庄稼的。

就像村里家家户户养母鸡是为了下蛋换钱，养公鸡是为了拿到市里卖钱，没听说过谁家杀鸡吃肉的。

一头牛被火车撞死，是我们村“铁路史”上最重大的一件事。

当然，那是在后来更重大的事情发生之前。

大花认为自己是被李老三“骗来的”，跟这条铁路线也有点关系。

大花第一次跟着一位亲戚来李老三家相亲的时候，李老三出村去山咀那边接她们。接到了，往村里走，李老三没走大道土路，而是把她俩领上了铁路线。

“去你们村的路真不错，就算下雨天也不会有泥。大花，以后你这进村出村的，可享福了。”大花的亲戚说。

大花在一旁羞红了脸。李老三在一旁也红了脸，不是羞的，是心虚的。

铁轨沿线两旁的路都是专门铺洒的矿渣和细石，当然好走不泥泞了。雨雪天走我们村大道试试?

李老三和大花结婚那天,女方家来的人多,走铁路线太窄,只能走大道。这时大花明白过来了,可是已经晚了……

许多年里,我们村的媳妇们闲聊起结婚时的事,有骂自家男人的,也有骂这条铁路线的。

有些东西看似离生活很近,却不能成为生活的一部分。铁路线对我们村的人来说就是这样。

因为,大家实际上极少会坐火车出门。

能有什么事值得村里人去坐火车呢?而且还要花钱。粮食长在北沟西沟东梁鹰梁的山坡上,菜长在自家院子或者村中大道两旁的菜园里;各家刚刚从村集体分得的苹果树梨树太少,新栽下的苹果树要三四年后才能结果,就算结了果,能不能拿到市里去卖也没把握,这苹果是不是资本主义的草呢?二明的爷爷"六爷子"当柜台先生的村代销店可以买到也可以用鸡蛋换来油盐酱醋针头线脑;山上采摘来的草药、蘑菇和杏仁、酸枣核,可以拿到五里地外的公社供销社,人家统一收购;交公粮的时候用小推车推上两百斤棒子走二十里地送到镇上的粮站;谁有个头疼脑热的就到下沟代销店隔壁的"药社"买一两盒药,或者到当过赤脚医生的王兴家里打一针,严重的由家人用小推车送到公社卫生院或者镇医院,再严重些的,就哪也不去了……

谁能有什么事非要去坐火车呢?

大人们不去坐火车,小孩子就更没有理由和机会坐火车了。

我倒是坐过一次。爸在山洞那边的公社政府上班，有一回要到市里开会，就带我一起去了，说我还小，坐火车不用买票。妈说，要是需要买票的话，就不让我去。

我和我们村的人一直认为：坐火车的，应该都是城市人。我也曾想如果有一天能坐着火车去北京，那该是多么神奇多么开心的事啊。爸说，等过几年妹妹和弟弟都长大了，就带我们一起去。

我的伙伴们都特别想坐一次火车，更希望有一天能坐上火车去北京。但是他们的爸爸不像我爸爸有工作，所以没说过要带他们去。

有一天，放学的路上，二鼻涕突然想出了一个主意。他撕下两张作业纸，一张写上一行大字"我爱北京天安门"，另一张写上"我想去北京"。然后，估摸着去北京的那趟客车就要开到我们村了，他撺掇我们几个一起爬上铁路路基——我们当然也愿意干这件事——在距离铁轨尽量安全又不至于滚下路基的位置，由他和王千铁每人双手举着一张纸，举过头顶，向伴随着巨大轰鸣声驶来的客车晃啊晃……

我爱北京天安门！

我想去北京！

司机肯定看见了！对，肯定看见了！好像还跟我们招手呢。他会不会停下车拉上我们去北京呢？

可是火车并没有停下，连风都没有停。列车开过来的时候，动静太大，风也太大，二鼻涕和王千铁一紧张，身子一缩，手里的纸飞了出去，瞬间被火车的旋风带跑，不知飞向了哪……

我们都很沮丧。

火车啊火车，为什么不带我们去北京呢，我们刚刚还赞美过你呢——

我们村的铁路线建在高高的山脉上！

我们村的铁路线比山脉还高！

我们村的铁路线高高的，像一座山脉……

三十年以后。

铁路线越来越像山的一部分，因为，村里经历过铁路线的修建和认识二姨夫的人，越来越少了。

火车每天来来往往驶过，远方的二姨和二姨夫都已经逝去。

这么多年里，我只见过他们三次。

鸿沟意味着距离，而许多时候，距离也意味着很难越过的鸿沟。

哪怕开通了火车。

六十多岁的李二土还经常去铁路线上捡烟。因为腿脚和脑袋都没有三十年前那么好使，有一天，烟没捡到，却被火车撞死了。

如果没有这条铁路，他应该还能多活些年。

可要是没有这条铁路，他怎么能在三十年前就能抽到过滤嘴香烟、吃到牛肉呢？

当年李二土帮助过的牲口贩子听说了他的不幸消息，专门派儿子给李二土家送来了三百块钱，还有两条好烟。

“给二土兄弟带上吧，到那边就别到处捡烟了。”

牲口贩子没有亲自来送李二土最后一程，他已经七十多岁了，腿脚不灵便。最主要的原因，他害怕再走那个山洞，“一到山洞口腿就哆嗦，好像山洞里还有牛叫声。”

大花偶尔还会和李老三一起去市里卖苹果。他们不用走铁路线，也不用担心大道泥泞，因为这条土路早就变成了水泥路——水泥路上走着公交车，每天早中晚各一趟，从市里一直开到村里。我们村是这趟公交线的终点站，调个头也就是起点，不像火车，来来往往通过我们村，只是路过。

父亲一直没能实现他的心愿：带我们兄妹三人坐火车去北京。因为我们越长大，需要花钱的地方就越多。我们家里永远都有比坐火车去北京更重要更紧迫的事。

若干年后，是我们兄妹三人“带着”父母坐火车到北京旅游。

我们村里很多人都坐火车去过北京，打工的，做生意的，上学的，旅游的，看病的，当然还有在北京定居的。

我家距离通向北京的铁路线两百多米，我们的村子距离北京两百多公里，可是我从村子来到北京，用了二十多年。

就在我写下这些文字的时候，从北京通往我们市里的一条高速铁路刚刚建成开通。以后，坐高铁列车从我们市里到北京，不再像几十年来那样需要五六个小时，而是只需要五十多分钟。

只是，这条高铁线路不经过我们村。

不过我不用担心，原有的铁路线还会继续保留、运行。

我经常会想，经过我们村的这条铁路线，对村里人的生活甚至人生产生了怎样的影响。

有一天，我恍然发现：它封闭了我们，却在同时，让我们有机会站到高处，看到远处。

它真的像一座山脉。

我干过的一件大事

每年放寒暑假的时候，三姨家比我大一岁的小表哥最爱来我家玩，来了就要住上几天。我发现，只要听见外面传来火车的鸣笛声或者咣咣咣开过来的声音，他就兴奋地跑出屋去看。

站在我家大门口，就能看到两三百米以外的铁路线上火车经过。

要不是我妈拽着我和小表哥的耳朵千叮嘱万叮嘱，我一定会拉着他一起跑到路基上去。

三姨家的村子不通火车，小表哥才对火车这么好奇。

“什么时候火车要是能在铁道上停下来就好了，我就能到跟前看个够。”小表哥说。

“那你在我家多住几天，没准就能看到火车停下来。”

小表哥真的多住了几天，可是很不幸运，他还是没赶上火车停下来。

其实，路过我们村的火车——确切地说，大部分是货车而不是客车——在爬不动的时候，真的会停下来。

我和伙伴们都买不起也根本没见过什么新鲜的玩具，停下来的火车就是我们最刺激的玩具；我们也想象不出什么花样的游戏，火车停下来的过程和场景，就是我们最惊险的游戏。

那段三百多米长的人工铁路线，不是直线，而是一段壮观的弧线，并且，从东向西，是一个明显的上坡。据说，在短短三百多米线路中兼有这样大幅度的弧度和坡度，在这一整条全长二百多公里的铁路线中仅此一处。

这样一来，从东边过来的火车，如果拉的车厢特别多、货物特别沉，或者没有提前把蒸汽机车头里的煤火烧旺，或者司机像我们小学生不想上学一样不想上班——这些都是王千铁二鼻涕于大海我们几个分析出来的原因——火车爬到这段路一半的时候，就呼哧呼哧爬不上去了。

每当听到火车与平时不同的呼哧呼哧声，我们便不约而同飞快地从各自家里跑出来，聚集到距离火车最近的村中大道上仰头观看。通常，这时火车还要做一番最后的努力和挣扎，先短暂地鸣叫三声，然后一声长鸣，就像人吸足了气突然发力，喷气嘴喷出大团的白色蒸汽，于是又向前移动了几步……可最终还是停下来，彻底投降上不去了。

这是我们最兴奋最激动的时刻，大家一边欢呼着“火车停住了,火车停住了”,一边争先恐后飞快地爬上路基,在距离火车不到两米远的地方,好奇又有点害怕地观赏起这个神奇的庞然大物。胆子大点的,干脆来到火车头的车门下面,跳着高往车厢里看,想看看火车司机是怎么开火车的。

这时司机会冲着我们摆手大喊:“下去,都赶紧滚下去!要倒车了。”我们纷纷撤下路基。火车响起长长的笛声,巨大的车轮开始缓缓向后转动。

火车后退的时候我们同样兴奋,就好像我们跟火车打仗把它打败了。不过这时我们并不散去,过一会儿火车还要上来。

我们都认为,火车往后退,要退到五里地以外的车站,在那里给轴承上点油,往车头锅炉里加点水,往炉子里多添些煤,就像大人们在地里干活累了喝口水抽根烟休息一下——然后再继续爬上来。

果然,不到十分钟,汽笛声再次响起,火车又上来了。这一次,火车真的是气势汹汹,速度也明显更快。我们远远地盯着火车,既希望它这次能成功通过,又隐隐地希望它再失败一次。

在大家的大呼小叫和紧张矛盾的目光中,火车头终于拖着长长的车厢一鼓作气通过了这段弯路陡坡。我们也像结束了一场游戏,一下子安静下来,但目光仍然紧盯着渐渐远去的火车,直到它在视野中完全消失。

那几年,我们大概每个月都能看到一次火车爬不上去的情景。慢慢地,我们长大了,半年也看不到一回——可能司机长大了,有了力气,也变聪明了。

我们用写了字的纸没能让火车停下来，但是有一回，我们用火，是的，用火，真的让火车停了下来。

这是我小时候干过的最重大的一件事。

每年正月十五前后的晚上，我们喜欢到村边玩“转火罐”，就是把易燃的胶皮和木棒放到一个钻了很多孔的小铁皮罐里，系上长长的铁丝，点燃之后在空中轮转起来。火罐会借助风力燃得很旺，在夜空中划出一道道明亮又漂亮的火圈。

那天晚上，王千铁、二鼻涕、二明、于大海、王大粮，还有我的堂弟二强我们几个，在铁路路基下面的野地上转火罐。二鼻涕的火罐总是烧得不旺，王大粮出主意：咱们爬到铁路线上玩，那上面地势高，风大，肯定能烧得旺！

大家一致认为王大粮说得有道理，一个个爬上路基，就在铁轨旁边，各自转起了火罐。真神奇，二鼻涕的火罐果然烧得旺起来。

我们转火罐正转得高兴，东边传来了火车汽笛声。一列货车的车头已经探出了东山头。大家纷纷收住火罐，准备下路基避开火车。

就在这时，火车传来刺耳的刹车声，我们能看见车轮和铁轨擦出四射的火花。

大家吓坏了，不知道发生了什么事。二明大喊：“哎呀，火车要停住啦！”

真的，在让人胆战心惊刺耳朵的刹车声中，火车竟然在离我们几十米远的地方停住了。

火车上下来两个人，拿着探照灯，匆匆向前跑来，强光罩住我们。

“怎么回事？前面怎么了？”

“没怎么，没事啊……”

“没事？那你们在干什么？你们晃灯，不是在报警吗？”

“我们没晃灯，我们在玩火罐，玩火罐呢。”

“前面铁轨没出问题吗？”

“没有啊。”

“这帮臭孩崽子！你们这是报假警！知道吗？铁路线上闪红灯，就是在报告前边线路出了问题，火车就要停车。知道你们犯了多大错误吗？说，你爸叫啥？还有你，你爸叫啥？”

我们都快要吓哭了。报假警有多严重我们不知道，但是说出爸的名字后果肯定很严重。

我们是山村里孩子，没去过大城市，不知道“红灯停”这件事。

大家低着头，谁都不说话。

司机拿着探照灯，往前走了老远，仔细查看线路。没发现什么问题，匆匆跑回来，又冲我们骂了几句：“还不快滚下去！真是找死！大过年的，真倒霉……”急忙返回火车上去了。

我们连滚带爬逃下路基。

火车重新启动。好在这列火车车厢不多，没费什么劲就顺利爬过剩下的陡坡，没有倒回去重来。

第二天，几个孩子截停火车的事在村里传开了。

当然，头天晚上我们分别在家里挨揍的事也传开了。

不过这件事在村中伙伴和学校同学眼里可是一个了不起的

壮举，我们几个成了大家钦佩赞赏的英雄。

王千铁得到的好处最多最大：他的同桌郑小娟同学从此对他刮目相看，并且持续了足有十多年。

三十年以后。

郑小娟早就嫁给了王千铁。

每次出村回村路过洋灰筒子，王千铁总要跟郑小娟讲述一遍："那天晚上啊，我们真的把火车都给吓得停下来了……"

"行了行了，都说过八百遍了。"

"听说司机还挨了罚……"

"知道啦知道啦。从小到大就干过那么一件大事，还把我给骗住了。你说你这个岁数的人了，还干过啥大事？"

就这一句话最能堵住王千铁的嘴。

村里替铁路上招聘护路员，具体工作就是每天的早中晚三个时段，从山洞出口沿着铁路线走到火车站，查看有没有什么特殊或意外情况。

王大粮他爸王春雷第一个报了名。

"我儿子当年闯了大祸，带着几个孩子上铁路线上玩火，把火车都给截停了。我觉得挺对不住铁路部门的。从那以后啊，我就特别注意铁路线的安全，看见小孩子、牛啊羊啊啥的靠近铁路线，我就直接给轰下去。你们放心，要是把这个活交给我，我肯定上心，好好干。”

最后，王春雷虽然年龄大了点，可是因为“具备相关工作经验”“积极主动，有责任心”被成功录用。

“出门打工也干不动了。当上护路员，就是走走路嘛，不累，家吃家住，一个月一千五百块钱，纯收入，上哪找这么好的事。”王春雷十分满意。

一年夏天，我回村里，碰巧看到有两辆北京牌照的小汽车开进了村子，下来几个年轻人，拿着相机、三脚架等摄影设备。

一打听才知道，这几个年轻人都是来自北京的摄影爱好者。他们不知从哪里听说，我们村子这段铁路线，“又弯又陡，特别罕见”“铁路线延伸出来的弧度，从高处的山坡上看特别壮美”，于是结伴同行，开了四个多小时车赶来，“就是为了拍几张这段铁路线的照片”。

“哈哈哈，一条破铁路线有啥可拍的。还专门从北京那么远跑到我们这个小山沟，哈哈哈……”王春雷，还有村里很多人都笑了起来。

我理解那几位年轻人。每次回来，我也喜欢在那段铁路线上走一走，然后登上高处望一望。

他们是因为陌生。

我是因为太熟悉，却离开得太远太久。

三姨家的小表哥现在可以天天看到火车了。

表哥后来到北京打工，几年后把家安在了北京郊区。他家门前不到三百米处，也有一条铁路线。

“兄弟，有空来我家住几天吧，咱俩都好多年没见了。”

我到表哥家去看他，跟他一起站在大门口，看火车咣咣咣地经过。

火车没有停下来，火车远去。

仿佛把我们的童年，把我们三十多年的岁月，一起带走。

洋灰筒子

社会主义好。

打倒×列日×夫。

洋灰筒子洞口墙壁的两侧,竖排各写着一行大字。

王三发媳妇彩霞要去下沟。走到洋灰筒子前,念完左边墙上的标语,又念右边的。有俩字不认识,打倒……倒……

洋灰筒子里面不好走。人要出村,可以往高处走,可以爬上铁路线,但水不能。水要出村,必须经过洋灰筒子。夏天,洋灰筒子里经常一地泥泞,只好垫上些石块;冬天,结着厚厚滑滑的一层冰。

我们村大多数人家的鸡冬天不下蛋,所以这件事发生在夏天。

“倒……倒……”彩霞一边琢磨着“倒”后面那个不认识的字，一边深一脚浅一脚地往洋灰筒子里面走。走到中间，光线最暗的地方，脚抬起来却看不清拿不准往哪落，金鸡独立两秒钟后，身体失去平衡，倒——倒了。

人坐在石块上，一筐鸡蛋却碎在了泥泞里。

彩霞挎着一个荆条筐，里面装着二十个辛辛苦苦攒下的鸡蛋，要拿到下沟的代销店去卖。家里没盐了。

彩霞摸了摸筐里的碎鸡蛋，眼里流出了泪水。

彩霞哭着回到家。王三发很生气，不过想到要是埋怨彩霞，会被院子里的母鸡们听见，影响下蛋的积极性，也就忍了。最后王三发连着发了三遍誓：一定要把洋灰筒子里面的破路修好。让鸡蛋顺利地从上沟到达下沟。

我们村子里带“洋”字的东西可不少，洋火，洋瓶，洋油，洋钉子，洋车子，洋柿子……就连压水井也叫“洋井”。后来，洋字都去掉了，洋火变成火柴，洋车子变成自行车，洋柿子变成西红柿，可是“洋灰筒子”这个名字一直没改。

因为洋灰筒子就是这么长年折腾我们上沟人的。

歪歪梨的幸福人生也差点让洋灰筒子给毁了。

下沟的媒婆给歪歪梨介绍了一个对象，叫燕子。媒婆带着燕子姑娘和她的两位亲戚第一次来我们村，走过洋灰筒子的时候，燕子皱起了眉。

后来，媒婆传来燕子家的话：亲事要想成，彩礼除了按照规矩置备外，要额外再买五双鞋，要皮的。因为洋灰筒子里面实在不好走，费鞋，这辈子不知道要费多少双，现在多买五双，一点都不算多。

歪歪梨家只能买得起三双皮鞋，这门亲事就暂时搁下了。

过了些日子，媒婆又传来话：皮鞋三双就三双吧，另外两双要家里做的布鞋也行。

歪歪梨的妈妈一高兴，除了买了三双皮鞋，还一口气做了五双布鞋。

燕子嫁过来后，婆媳关系还不错。

后来听说，要不是燕子看上了歪歪梨，下沟王福雨的老母亲还想托媒婆把燕子介绍给自己儿子呢。王福雨的母亲心里有数，燕子嫁到下沟来，进村出村不用过那个坑人的洋灰筒子，人家不至于提出让自己家买五双皮鞋。

媳妇娶到家，歪歪梨却想到了一件更长远的事：一定要把洋灰筒子里面的破路修好！要不然，万一将来自己的儿子娶媳妇时，重蹈自己的覆辙，再被洋灰筒子坑了，可就太气人也太丢人了。

于大海在学校受了下沟高年级学生的欺负，打不过人家，白天在教室里捡了块粉笔头，下午放学时在洋灰筒子的墙壁上写字骂人家来出气。“瘪犊子”三个字会说不会写，问我们几个，我们也都不会写，于是写上另一句：×××是大王八。

骂同学没事（那是因为人家不知道），骂王校长可就麻烦了。有一回，又是于大海，上课乱说话挨了王校长的训，晚上放学时就在洋灰筒子“打倒×列日×夫”下面写上“打倒王校长”。王千铁没守住这个秘密，第二天告诉了同桌郑小娟；郑小娟在课间跳格子时告诉了王欣欣；王欣欣跑到办公室告诉了她爸王校长。

王校长把于大海叫进办公室。还没等王校长问话，于大海猜到是自己骂校长的事情败露，坦白从宽：“我是看到洋灰筒子洞口写着打倒什么日什么夫，我就也写了打倒王校长。”

王校长没怎么训他，只是告诉他把那五个字擦掉。

晚上放学路过洋灰筒子，于大海刚擦完“打倒”两个字，想到了对面墙上的“社会主义好”，于是没擦“王校长”，在后面又加上了一个“好”字。

“王校长好”保留了很多天，但是不知道王校长知道不知道。

对于我们这些小孩子来说，冬天的洋灰筒子要比夏天更“难过”。

冬天风大，而且，就像夏天的水一样，从北沟刮进我们村里的风，最后都要从洋灰筒子刮出去。

洋灰筒子里面结着冰，就算是没有风，我们走过去都要小心翼翼，更何况风那么猛。每次放学时，走到洋灰筒子跟前，我们总是发怵。

不过我们自有与命运相搏的招数。为了不在冰面上打滑，为了不被风吹倒吹跑，我们六七个人排成一个竖排，后一个紧紧抓住前边一个的衣服或书包带，一个拥着一个，一起向前走。

走得很慢很艰难。

王千铁在当过两次“排头兵”之后，提出了抱怨：“都是我在最前面走，风都吹在我身上。下回咱们得换一换。”大家觉得王千铁说得有道理，为了公平起见，最后商定，每个人轮流当排头兵。

有一回，轮到我当排头兵。我身材瘦小，而那天的风确实很大，吹得我睁不开眼睛，也站不稳，几乎无法前进。

正好在这时，我的一位本家小叔叔，放学从后面赶来。他主动站在我的前面，替我当排头兵，顶着风拽着我们一起通过了洋灰筒子。

那年，我们刚上二年级，八九岁，小叔叔上五年级。在我们面前挺身而出的他，也不过是一个十一二岁的孩子。

来来往往，进进出出，洋灰筒子对我们村里人来说是一个明显的分界，是地理上的，更是心理上的：出了洋灰筒子，我们就觉得是到了“外面”；从外面走过洋灰筒子，我们就认为是到了家。

而对于不同个体的人生来说，洋灰筒子有时是一把封闭的锁，有时是一扇敞开的门。

三十年以后。

上级领导要来我们村考察道路情况，据说是为修水泥路做调研。

王三发和歪歪梨又高兴又生气：这么多年才想到我们村。

他俩跟村民们提出：一定要让上级领导知道我们村的土路这么多年是多么难走，特别是洋灰筒子里面，那泥洼路是多么坑人。

王三发找到村里个子最矮的成年人张锁头，又和张锁头一起来到有一辆老掉链子的笨重“二八”自行车的于文武家，如此这般地跟张锁头和于文武交代了一番。

领导终于来考察了，坐着小汽车，从下沟方向上来的，一直开到洋灰筒子前才停住，下来好几个人。

村干部，还有王三发、歪歪梨、于文武等村民，围在领导身前身后。

“领导，我们村的土路您都看到了。这个洋灰筒子啊，可就更不好走了。水和人走一条路，夏天是泥，冬天是冰，可把我们上沟人坑苦了。”王三发挤到领导身边说。

“真是个问题。”领导若有所思地说。

“早就应该修了。我们上沟人要想骑自行车出村，就得先过洋灰筒子这一关。自行车一到这，粘得满轱辘都是泥，推都推不动。”歪歪梨在领导身后说。

“光是这短短几十米的隧道，就已经这么难走，何况还要常年走土路，真是不容易。道路问题，确实是一个关系到人民群众生活幸福指数的大问题。”领导说话就是有水平。

“对呀，领导说得对。哎呀，领导您看，我们上沟有人骑自行车下来了——”

只见一个身影不知道什么时候出现在了洋灰筒子里,正极艰难而缓慢地扛着一辆自行车往下沟方向移动。

“群众真是太艰难了。”领导面色凝重地摇摇头,“那个村民怎么看起来那么矮?”

“领导,他不是个子矮,他是腿陷在淤泥里了。洋灰筒子里泥太深,他还得扛着自行车,费老劲儿了。”王三发“解释”说。

“是啊,领导。他这自行车还算是轻的呢,要是在过去,那种‘二八’加重自行车,我们走洋灰筒子就更费劲。”于文武挤到领导对面说。

“真没想到,群众出行竟然会这么艰难,真是不看不知道啊。修,这路一定要修!你们这个洋灰筒子还要重点修好!请大家放心,我回去马上开会筹备修路。”

在大家热烈的掌声中,领导考察结束。坐上汽车离开之前,领导又打开车窗跟王三发、歪歪梨、于文武等几位村民握了手,还特意叮嘱村支书:“请转告洋灰筒子里那位扛着自行车还没出来的村民,就说让他受苦了。”

这个时候,张锁头确实在受苦:他原本不高不壮的身体正艰难费力地扛着“加重”自行车,深深“陷”在洋灰筒子的“淤泥”里。

领导的汽车刚一开走,王三发赶忙冲着洋灰筒子里面喊:“快把自行车放下吧,不用猫着腰了。你的任务完成了。”

歪歪梨学着领导的口气说:“让你受苦了。”

“可不嘛,真是让我受苦了。”张锁头把自行车往旁边一扔,直起腰来,一边擦着额头的汗一边抱怨:“这个破自行车,真够沉的。还不能直腰,都快累死我了。”

“你没白受累。你可是为咱们村立了大功。”刚明白怎么回事的村支书哭笑不得地说。

当天晚上,王三发张罗着请大家到他家喝酒吃饭。彩霞做了不少菜,其中一盘葱花炒鸡蛋,鸡蛋竟然放了十个。

领导真是个心系百姓、说到做到的好领导。两个月之后,挖掘机、铲车、水泥罐车开进我们村,王三发、歪歪梨、于文武等人都被招进施工队——“土路变水泥路”的修路工程开始了。

王三发、歪歪梨当年真是没白发誓,三十年后,他俩仍然说话算话。我们上沟的全体村民,要感谢他俩一辈子。

修路很快就从村北头修到了洋灰筒子。按照规划,洋灰筒子靠西侧洞壁要留出一米宽的水道,水泥打底;剩余路面全部在水道基础上再打上二十厘米厚的水泥。

头天晚上,王三发先来到歪歪梨家,如此这般商量一番。然后两人分头到各位施工队队员家去了一趟,如此这般再商量一番。最后,各位施工队队员又连夜分头到村里其他非施工队队员家里去了一趟。

第二天一大早,五点钟,天刚亮,我们村的村中大道上出现了家庭联产承包责任制实行以来多年里少见的一幕:村里所有年轻的年老的男人,一个个手里拿着水桶、铁锨、抹子、压板、锤子等干活工具,意气风发,斗志昂扬,浩浩荡荡地,直奔洋灰筒子……

七点半,平时施工队正常开始工作的时间,施工队负责人带着另外一些工人从镇里赶来了。

洋灰筒子里的情景让他又惊又气、捶胸顿足:“我的老天!你们这是啥意思?洋灰筒子里都快铺完水泥了?路面怎么这么厚?怎么回事,这是你们谁的主意?”

刚才一起干活的非施工队队员在七点半之前早就撤离现场回家了,只剩下王三发歪歪梨于文武他们几个,在洋灰筒子里,装模作样地铺最后的两米路。

“不按规划擅自施工?我干工程几十年还是头一回遇见你们这样的工人。洋灰筒子里的路面就铺二十厘米厚,你们现在铺的足有四十厘米,超出预算你们给掏钱啊?亏死我了,亏死了……”负责人蹲在地上,都快哭了。

“领导说了,洋灰筒子要重点修好!”王三发硬着头皮应对。

“一下雨,二十厘米路面根本不够高,四十厘米没准水还能漫上来呢。”歪歪梨“据实力争”。

“洋灰筒子里面是厚了点,咱们在别处给铺薄点,不就找补回来了吗?”于文武“安慰”负责人。

路面马上就要全铺完了,不可能再返工,施工负责人气急败坏却无可奈何。大家再接再厉,一鼓作气——最后,整个路面全都铺上了四十厘米厚的水泥。

“亏死我了,亏死了……”负责人在洋灰筒子外抽着烟团团转。

“这回咱全上沟人心里可就踏实了。”歪歪梨歪着头斜着眼跟其他几位说。

原来，头天晚上，王三发找到歪歪梨，然后又到各施工队队员家里串联，就是为了商定这件事：抓住这三百多年不遇的机会，把洋灰筒子里原定铺二十厘米厚的水泥路，铺成四十厘米厚。这样，路面就“踏实”得多，被水漫过的几率也小得多。

别小看这二十厘米的差距，这对全上沟人来说，可是一个“关系到人民群众生活幸福指数的大问题”。

大家当然一拍即合，然后，又连夜分头到其他村民家，找帮手，搬救兵。

那个晚上，我们村里的每个男人都异常激动和兴奋，大家一个个摩拳擦掌，恨不得连夜动手。

第二天一早，两个多小时，人心齐，泰山移，六十岁的洋灰筒子换了新天地。

当天晚上，换成歪歪梨张罗着请大家到他家喝酒吃饭，“庆祝自己和王三发当年的誓言终于实现”。燕子给大家做了很多好菜。喝完吃完离开的时候，燕子还拿出一双布鞋，非要让王三发拿回家送给彩霞。

“我都收藏了三十年了，还有两双呢，我一直没舍得穿。”燕子说。

于大海的儿子都已经上初中了，可是于大海还经常在洋灰筒子墙壁上写字。

于大海媳妇开了一个“流动饭店”，就是十里八村的谁家有红事白事贺生祝寿招待客人，她就带着整套厨具、各类生熟菜品，还有从镇上饭店请的两位厨师，到事主家中现场煎炒烹炸。

为了替媳妇宣传生意，于大海在洋灰筒子两边洞口明显处写上了两行大字：流动饭店。找于大海就行。后面附上自己和媳妇的手机号。

其实，除了我们上沟人，没有几个外村人会看到他的广告。

喜欢在洋灰筒子上写字，可能是他从小就养成的习惯吧。

燕子和彩霞都有机会穿着布鞋在我们村新修的水泥路上走一走，遗憾的是，我的本家小叔叔——那个曾经在冬天的大风中，替我当排头兵拉着我们过洋灰筒子的孩子，这辈子却没能享受到这种便利和喜悦。

就在“土路变水泥路”的前几个月，正值壮年的他患上了癌症，被送到市里医院。当他再次回到村子的时候，这一路上水泥路是修好了，洋灰筒子里也不再泥泞了，拉着他的汽车也不再颠簸了，他却再也看不到感受不到——他已经在医院里去世了。

三十多年里，直到现在，我一直清晰地记得当年小叔叔领着我和小伙伴们顶着凛冽寒风艰难前行的情景。每每想起，我的心里总会涌起阵阵暖流。

坡儿很好看，可是我们都不喜欢坡

我们村有个比我小两岁的小孩，叫“坡儿”，虽然是个女孩，还挺好看的，可是我不喜欢她。

我不喜欢坡。我们村的人都不喜欢坡。

因为走坡路太辛苦。

我们村的坡太多，头道坡，二道坡，三道坡，东梁的坡，西沟的坡，鹰梁的坡，爬上铁路线的坡，翻到小梁前的坡……连很多人家，都住在半山坡。

坡儿的妈妈每次喊“坡儿——”的时候，满村满沟满山都是应答声。

我只知道走坡路很辛苦，可是我从来没想过我们村怎么会有这么多坡，怎么会有这么多坡等着我们必须去走。我根本没发现这个问题，没发现这竟然还是个问题。

村里人大部分都和我一样。发现不了问题，有时候是真傻，有时候是装傻，更多时候是并不傻，只是已经习惯或者麻木了。

我们村的平地极少，几乎家家户户的农田都在山坡上。

二鼻涕他爸郭老大让他跟着去头道坡的地里干活，二鼻涕不想去，找借口说："头道坡的坡太难走，我走上坡就已经累得没力气了，还咋干活？咱们家的地要是平地不用上坡我就去。"

小聪明抵不住他爸的一声吼，二鼻涕乖乖扛起一把锄头，跟着他爸一起出门。郭老大用小推车推着半袋化肥。

村民们下地干活经常会推着小推车，运送农家肥，化肥，或者栽红薯的水，给果树打的药。

推着东西去地里是收获之前的投入，投入再轻快也是件沉重的事。更何况还有坡。

头道坡的坡倒是不太陡，但是很长很窄，沟沟坎坎，坑坑洼洼，石子遍地，窄路的两旁全是刺槐、野酸枣树和各种带刺的杂草。

在我们村，带刺的东西总是喜欢长在有人经过的路边。

二鼻涕说的也不完全是夸张，光是推个空车，走上近两百米长的上坡路就已经累得人呼哧呼哧直喘，胳膊发疼腿发酸，身上冒汗，更不用说还要推着六七十斤的化肥。

到了头道坡坡底下，二鼻涕把锄头放在小推车上，拽起车头的一根绳子，帮着他爸往坡上拉车。

我们村家家户户的小推车车头都拴着一根绳子。

二鼻涕弯腰弓背拽起绳子，龇牙咧嘴；郭老大弓背弯腰用力推车，两只胳膊青筋暴出。

爬坡不到一半路程，二鼻涕手中的绳子开始松下来，他累得实在是不行了。这时郭老大也需要歇歇。车子停下，二鼻涕一下子瘫坐在坡路中间，屁股刚着地，又“嗷”的一声翻了个个儿，原来屁股被石子硌着了。

二鼻涕大口大口喘着气，表情痛苦地搓着被绳子勒得红红的手掌。郭老大知道，这孩子有时会耍小聪明，可是该出力干活的时候绝不含糊。郭老大拿出装满水的破铝壶，拧开盖子递给二鼻涕：“喝口水，歇会儿。”郭老大自己也趁机甩甩胳膊直直腰。

我们村子的人，不管是谁，多大年龄，只要去地里干活，都要先弯腰弓身上坡。

不上坡怎么能抵达山坡上的地里呢？不到地里又怎么能抵达粮食呢？

每一个上坡的人，身体与地面，总是折成那么虔诚那么低微又那么坚韧的角度。

缓了缓劲，继续上坡。临近坡顶十几米，坡度陡了起来，父子俩默契地同时发力开始冲顶。

大多数时候冲顶能成功。也有倒霉的时候，前面拉车的人或后边推车的人，肩上手上太用力，脚下就踩得狠，石子沙砾成了滚珠，一打滑，一出溜，人会以各种姿势亲密接触大地，小推车会出现各种车祸。

这一回，就在离坡顶不到五米远处——也是整个坡路最陡的地方，二鼻涕脚下没踩稳，壮烈地摔倒了。上身趴向山坡的瞬间，他松开绳子用双手撑住了身体——要不然，肯定摔个嘴啃泥。

郭老大就算有力气冲顶也不敢冲，因为怕车压着正前方的二鼻涕。更何况这时力气已经几乎用尽。

在山坡上，小推车不进则退，不退则倒。

倒就倒吧，倒了就平稳了。郭老大赶紧越过倒了的车子上前扶起二鼻涕，翻过他的手掌，拍拍上面的沙土粒，看看有没有擦伤刮破。没大事，又返下来，鼓足劲，直接把半袋化肥扛起来，扛到坡顶。二鼻涕在后面把空车推了上来。

到了地里，给棒子抓化肥的活二鼻涕干多干少就都可以了，他有这个资格和自由。郭老大心疼儿子，也不再强求。

他知道儿子这辈子不会是一个耍滑偷懒的人，这就可以了。

二鼻涕走过的头道坡，我也走过很多很多遍。

村里的绝大部分人，就这样走了一辈子。

春天和夏天，收获之前的耕种劳作季节，上坡时推着东西，干完活回家时空着车。所以这两季上坡更累，下坡更轻松。

到了秋天，收获的季节，正好相反。

二鼻涕在夏天帮他爸上坡，我在秋天帮我爸下坡。

秋天，掰下来的棒子要装进化纤袋子里，用小推车一车车一趟趟运下山坡，运回家。大人们把每一车都尽量多装几袋，直到估摸着小推车已经到了承重的极限。刚掰下来的棒子水分多，特别沉。

下坡的时候，虽然车上有手刹，但为了更保险，一定要有人在前面帮忙控制车子。前面的人能起到带路的作用——袋子码放得高高的，挡住了推车人的视线，需要有人领路。另一个作用就是要协助刹车：后背紧紧靠着车上的袋子，脚步向前，背部却向后使力，让车子缓缓地平稳地下坡，防止车子失控冲下翻倒。

爸在后面推车当司机，刹手刹；我在前面当向导，同时用后背用脚帮忙控制。

走在推车前面的人，下坡时会有些危险。因为既要帮忙引导和控制车子，还要防止车子万一失控，撞到或者翻倒砸到自己身上。

有一次就发生了险情。

都怪坡儿。

坡儿这个臭小孩，我正聚精会神、使劲费力地帮着爸护送车子下坡，她在窄窄的下坡路的旁边猫着腰采野酸枣。

就在车子离坡儿还有不到三米远的时候，她突然“啊”的一声惊叫，猛地直起身，趔趄着向后退了过来。

突发事故！车子必须停住，否则会冲撞到呆立在路中间的坡儿……

我被她突然的叫声和动作吓了一大跳，脚下一乱，气力一松，车子失去我的引领和向后的阻挡力，爸想控制也控制不住，晃了几晃，歪扭着冲下来。

再喊让坡儿躲开已经来不及了。

紧急时刻，爸不得不用力向旁边一扭车把，让满载着一袋袋棒子的车子直接翻倒在了路边。

臭坡儿，臭坡儿……

坡儿站在我们翻倒的车子旁边哭了起来："那有长虫，有一条长虫。"

坡儿想采酸枣，采了酸枣卖枣核，卖了枣核去下沟代销店买回八分钱一个的作业本，却在酸枣树丛里遇到了蛇，吓得突然往后撤，害得我们翻了车。

坡儿哭着回家了，我和爸还得把一袋袋棒子重新装车，再慢慢下坡。

坡是不正常的路，所以总出事。

更何况还有小孩添乱。

有一回，我和堂弟二强一起闯了个大祸，总价值十块钱的祸。

我们村李芝麻家的苹果真大真红啊！他挑着满满两筐刚摘下来的苹果，喜滋滋地下头道坡回家。我和二强正巧刚刚从地里回来，跟在他身后一起走。

李芝麻肩上的扁担倾斜着，跟坡度保持平行，前面的筐低，后面的筐高。

李芝麻家的苹果真大真红啊，我和二强忍不住要偷偷拿几个。

我小心地从后边的筐里拿出一个，揣进左边的裤兜里；二强不甘示弱，也从筐里拿出一个。

我又拿了一个，揣进右边的裤兜里。二强也拿了一个。

李芝麻根本没发现。

我再拿一个就不拿了，就一个。我挑大个的拿起了第三个。

二强伸出手，轻轻地也拿起了第三个……

都怪二强，我拿了三个苹果都没事，怎么轮到你拿起第三个就出事了呢？原本倾斜但仍然保持平衡的前后两只筐，因为二强拿起了一个苹果，后面的筐轻了，前面的筐重了，前后突然失去平衡，前筐坠地，后筐高高翘起。然后，可怜的毫无防备的李芝麻，突然一个踉跄，人没倒，扁担却甩掉了，两个筐都翻了。

两筐大红苹果骨碌骨碌滚满了山坡。

李芝麻痛苦地回头，看到了快吓呆的我和二强，看到了我俩手上的苹果和鼓鼓囊囊的裤兜。痛苦变成了气急败坏。

事情最后的结果是这样的：当晚，我家和二强家各给李芝麻五块钱算作赔偿；李芝麻给我们两家又各送了一塑料袋苹果，那些苹果坑坑点点，沾满了山坡上的沙土，一个个很受伤的样子。

当晚，在各自家里，几巴掌打下来，我和二强的屁股也很受伤。

讨厌的坡，让人受伤的坡。

我和二鼻涕都知道跟坡打交道的辛苦和痛苦，于是我们都不想这么苦。

我家和他家在东梁各有一块地，挨着。

去东梁，要先走上一个长山坡，然后下坡，然后再上一个坡。第二个坡其实没有真正的路，只能随机穿过庄稼和草丛，只要能上得去，就是路。秋天，这块地里种的高粱也只能这样扛下坡。

我爸和二鼻涕他爸往坡下一趟趟扛高粱的时候，我跟二鼻涕坐下来歇着。他跟我说出了心里话：“长大了我可不想种地，这大山坡，太累了。我要好好学习，我将来想去市里，要是能去北京就更好了。城市里都是平地。”

“对，比如天安门广场。”我说。

一想到将来能去市里，能去北京，我俩干起活来更有劲了。

我和二鼻涕都考上了初中。我的成绩是全乡“小升初”第一名，姜老师和王校长可以作证；二鼻涕是“超水平发挥”——只有我知道为什么。

乡初中离我们村五里地。

我们骑破自行车上学。自行车都是高大笨重的“二八式”，我们个子不够高，没法正常骑，就用“掏裆法”。

雨雪天的时候，出村上学的土路变成泥路，自行车骑不动，我们就从洋灰筒子旁边的东山坡爬上铁路线。铁轨旁的人行路有细碎的石碴，就算下雨下雪，也不会太泥泞。

可是对于刚满十一岁的我来说，推着“二八式”自行车从东山坡爬上铁路线，实在是一件难事。

那个坡只有二十多米长，但是要比头道坡和东梁的坡陡得多。我费力地往山坡上推车，比我壮实些的二鼻涕在我后面，看我要推不动了，就用他的自行车前轱辘撞撞我的后轱辘，我就又可以前进一步了。

上到一半，前面凸出两块大石头，自行车推不上去，只能搬着绕过。这是最关键最艰难的一关。我先左脚踏上石头，稳稳地站好，使劲把车子往上拖一拖，然后左手扶着车把，右手集中全身的力气，攥紧车子的后支架，一发力，把车子搬起来，再迈出右脚，踏上石头。

这一关有两块石头，每一块石头上要搬着自行车走四五步。

二鼻涕在我身后，仰着脖子紧张地注视着我。

如果不是地上太滑，我通常都能缓慢但安全地通过。但是有一个冬天的早晨，雪下得很大，我在踏上第二块石头的时候，误判了雪的厚度，脚没踩稳，一下子连人带车摔倒在旁边的雪堆石头堆里。

二鼻涕赶忙放好自己的车，爬上来救我。

到了初二，我的力气似乎大了些，不用二鼻涕在后面撞我的车也能上去了。

人长大了，承担的负荷也会加重。后来，在我考上县城的高中离家上学之前，我曾经自己一个人推着小半袋化肥上过头道坡，也曾经推着三袋棒子从头道坡上下来，还从东梁往山坡下扛过高粱。

坡儿长得很好看，但是关于坡的记忆，并不是那么美。

三十年以后。

坡儿早就离开了我们村的坡。

坡儿初中毕业就不再上学了，她有个亲戚在市里，介绍她到一家餐馆当服务员，两年后又到一家制药厂当了临时工。后来，她嫁给了一位同事，婆家就在市郊——是“平原”，不是山里。

坡儿家也有农田和果园，但都是平地，不用上坡下坡，她推着小推车来来回回一点都不累。十多年后家里有了电动三轮车，有时她开，大多数时候她爱人开，往家里拉棒子、运送苹果。

我们发小在市里饭店聚会的时候，坡儿也来了。

很多年不见，我们喊“坡儿”，满屋子里都是“坡儿”，她大声地笑着应答。

我们一起回忆三十年前——

坡儿长，坡儿短；坡长，坡短……

二鼻涕家也买了电动三轮车。我们村里几乎家家都买了。

原来用小推车运棒子，一车最多推六七袋；现在用电动三轮车，一车可以装十二三袋，关键是上坡下坡和这一路上都不用费力受累了。

二鼻涕他爸郭老大快七十岁了，还经常去地里干活。二鼻涕不让他去，说你在家里老老实实安安全全待着比啥都强，万一碰着磕着摔着，买药看病的钱得多少袋棒子才能换回来。可是怎么说也不管用，郭老大有事没事就拿着一把锄头或者镰刀上山。而且，就算二鼻涕开着电动车去，郭老大也不坐。他总是要提前一会儿出发，来到坡路上，把大块石子捡起来扔到路边的草丛里，把挡了道的刺槐用镰刀砍掉——他把路清理出来，为儿子开道。

路清理完了，他也走上了坡顶。他早就感觉累了，点上一根烟，居高临下地坐下来歇着；过一会儿，看着儿子开着电动车突突突从坡下爬上来。

郭老大没有力气去帮儿子上坡了，儿子也根本用不着他帮忙。人上了岁数，当年的主角就成了配角，甚至没有机会登台。就在这段山坡上，郭老大是一个被三十年的时光和电动车甩开的人。他只能给儿子打打下手，做些情真意切其实无足轻重的事。

二鼻涕留在了村子里，而我，后来走出了村子，到了市里，到了北京。我一步步远离山，远离坡。

二鼻涕家有了电动车，可是，在我们村，并不是所有的山坡都有条件走电动车，也不是每一次上山都会开电动车。

二鼻涕和很多村民，还要继续受坡的苦。

我开始思考，我们村怎么会有那么多的坡，怎么会有那么多的坡等着我们必须去走。

我羡慕生活在平原上的人，他们轻轻松松就能走到自己家的田地，即便是劳累，也是从真正干活才开始；而我们村里的人，辛苦从一上山坡就开始了。

山里人的命运，一辈子因此多了数不尽的艰辛。

村里终于修了水泥路，二鼻涕告诉我：大家出村再也不用走铁路线了。

一年后的春天，我沿着水泥路回到村子。我们当年上学时爬上铁路线的山坡，已经被青草覆盖，几乎看不出路径的痕迹；倒是那两块拦路虎般经常给我出难题害我摔倒的石头，依旧盘踞，提示着我曾经的艰辛和疼痛。

我们村子的封闭生活

那些年我还小，贪睡，可是每天早晨，我总会被公鸡打鸣声吵醒。

我们村的公鸡，就跟商量好了似的，每天早晨打鸣只叫一声，而且声音还不大，特别省劲。鸡们很聪明，装模作样地打过一声鸣之后，就自己闭上眼睛继续睡觉了，可是这一声鸣叫因为有东西两座山和铁路线挡着，散不出去，一点没浪费，全都留在了村子里，钻进了熟睡村民的耳朵里。比如我家住在东山根下，我家的公鸡打鸣声传到西山和铁路线，又折回来撞到东山，就这样在村子里来回地撞，结果人家虽然只打了一声鸣，效果却相当于好几声——这还仅仅是我家公鸡的打鸣声，要是全村的公鸡都开始叫呢——全村人不得安宁的早晨开始了。

每天过这样的日子，生活在我们村里的公鸡可真幸福安逸，因地制宜，很轻松地象征性地吼那么一嗓子就行了。不像别的村子的公鸡，打鸣声都四散到村外空旷处了，必须要扯着嗓子费力喊很多声才能把村里人喊醒，才能让主人知道它完成了今天的任务。

我们村里的狗也是一样。村民天天互相串门，狗跟人也早就熟了，凡是村里的人，狗都认为是自家人。来人了，斜着狗眼看一眼，理也不理，连叫一声都觉得是浪费感情和力气。

如果谁家偶尔来个不熟悉的外村亲戚，狗总要履行一下职责。但是多了也不叫，只叫一声，不过会特意把这一声叫得足够大，然后就跑到门后面，一边透过门缝盯着来人，一边偷笑，留下这一声狗叫在村子里长久回荡，直吓得来人赶紧冲着院里自报家门："二哥，别叫了，是我啊——咳，不是说你别叫，是说你家的狗别叫了。二哥，在家吗？是我，刘营的老三，你三兄弟啊！"

还真不能说我们村的鸡们狗们耍滑偷懒有心眼：能不费力气就可以办到的事，为什么偏要去费力气呢？

再说，费了力气，效果还未必好。

这一点上，大花就没有她家里的鸡啊狗啊聪明。

大花成为我们村的新媳妇后不久，跟李老三一起去市里卖苹果。傍晚，两大筐苹果都卖完了，大花兜里揣着花花绿绿的钞票，两人一起回家。下了火车往家走，走过洋灰筒子，大花心里放松，高兴，跟李老三扯起了体己话，憧憬起幸福的未来："今儿这两筐苹果卖了十多块钱,真是不少!家里差不多还有十筐,再卖五趟。到时候,我想买一件新褂子……”

大花到底是新嫁到我们村,对这样一个又小又封闭的村子的地理和人情还不太了解:她本来嗓门就不小,走在村中大道,这几句“露富”的话早就清清楚楚传到了家家户户的院子里、炕头上。

俩人刚进家门不到十分钟,二帽子媳妇花花尝来了。

“老三媳妇,嫂子今儿来麻烦你啦。我一直想买几只小鸡雏,就是手头总是紧巴。想跟你借十块钱,年根就还给你。”

别看花花尝嘴上说得乖巧,可是她有时候手脚不干净。大花有所耳闻,自然对她没什么好印象。

“二嫂子,这……我家最近也是紧巴呢。快入冬了,我和老三的棉袄棉裤还没扯布呢!”

“你家苹果多,再到市里卖几趟,三四身衣服钱都出来了。”

话说到这,大花明白人家是“有备而来”,自己没法遮掩也没有理由不借给人家钱了。

大花这时候终于明白自己错在了哪:这么个封闭的小村子,夫妻俩说句悄悄话都能被别人听去。

明白也晚了。花花尝拿着大花极不情愿掏出的十块钱,乐呵呵地走了。

“以后你在咱村里说话小点声。这回嘚瑟出事了吧!钱还没捂热乎呢,就转人家手里了。”李老三也闹心得慌。

从这以后,大花不管是在村中大道上,还是在家里,说话时再也不会那么缺心眼了。果然,后来,谁也不知道他们夫妻俩到底去市里卖了几趟苹果，卖了多少钱。

经常去市里卖苹果的高稳柱家也遇到了尴尬事。

说起来，都怪我们村子太封闭——别说声音传不出去，就连气味都传不出去。

那天，高稳柱也去市里卖苹果，卖完赶往火车站的路上，摸着兜里鼓鼓囊囊的钞票，心里敞亮，忍不住拐进菜市场买了一条大鱼，捎带一瓶二锅头。

晚上，鱼香酒香味就从高稳柱家里飘了出来。

刚喝了两盅酒，突然听到大门外传来孩子的哭声和大人的斥骂声。高稳柱媳妇二娟赶忙咽下嘴里的一块鱼肉跑出屋，到大门口一看，只见村民王贵家的小儿子大军正在门口外墙角那哭呢，一边哭一边喊“我也要吃鱼，我也要吃鱼”。王贵媳妇一边给大军擦鼻涕眼泪哈喇子一边训斥：“闻到鱼味就往外跑，丢死人了。赶紧回家，明天给你买鱼！”

二娟没敢说话，吓得赶紧捂住嘴，她怕自己呼出来的鱼香味让大军哭得更厉害，或者把村里更多的馋孩子招来。

高稳柱家住村南，王贵家住村中间，村子太封闭，鱼香味飘了半条街还没散，被大军闻到了，循着味找到了高稳柱家。

高稳柱这顿酒喝得很憋闷：明明是自己花钱买的鱼，自己媳妇做的鱼，在自己家炕头上吃鱼，却把别人家的小孩子招惹哭了，传出去，就好像自己一个大老爷们在小孩子面前吃独食似的。

虽然大军他妈在大家面前丢了一回面子，可是对于家有小孩的村民来说，我们村子还是有另外一个明显的好处的。

有一回，二鼻涕不知道犯了啥错，被他爸郭老大打了几巴掌。二鼻涕可能觉得委屈，哭着跑出了家，说要离家出走。当时天都快黑了，他妈使劲把他往家里拽，郭老大把媳妇叫到一边说："别管他，让他走，一会儿就得乖乖回来。"他媳妇半信半疑，郭老大像没事一样吃晚饭去了。

二鼻涕哭着跑到了大道上。离家出走，往哪边去呢？北沟自然不能去，都是庄稼地，还有坟茔，怪吓人的，就往洋灰筒子方向走。走到跟前，果然停住了，洋灰筒子里黑乎乎的，不敢往前走了。他看了半分钟，掉头就往回跑，一边跑一边比刚才哭得更厉害了，不知道是继续夸大刚才的委屈，还是突然感觉害怕了。

二鼻涕哭着回到家。郭老大端着饭碗掩着嘴笑了。

在我们村，谁家孩子一时不在家，大人根本不会着急，因为只要不是跑到铁路线上，就不会有什么危险，更不可能走失。整个村子就像一个大摇篮，孩子们在里面安全得很。万一有哪个小孩子真的跑到了铁路线上，很多村民在家中就能看见，在院子里冲着那孩子大喊几声"快下来，火车来了""再不下来就去告诉你爸"，孩子一般都会乖乖下来。

我们村的地形像个盆地，全村人都知道，李老三家占这个地形的便宜最大。

李老三家在村子的最北头，从他家院门口向北边走几步，有一条上东山的长坡，坡上是各家的自留地，还有几片苹果园、梨园。

自留地里，果园里，凡是圆形的东西，一不小心滚下坡，就会滚啊滚一直滚到——李老三家门口。

所以李老三家总是不缺蔬菜水果啥的。

一天傍晚，歪歪梨在地里干完活拎着两个大倭瓜往坡下走，一把没抓紧，倭瓜掉了一个，骨碌碌滚了下去。不过歪歪梨一点也不着急，反正倭瓜滚到李老三家门口就会停下来。

慢悠悠下了坡到了李老三家门口，却没看到倭瓜。李老三正在院子里，歪歪梨问："老三，看到刚才滚下的倭瓜了吗？"李老三说："哦，刚才的倭瓜是你的啊。看到了，在锅里呢。"

李老三说正好今天晚上家里没菜，刚刚走出大门要去菜园里摘，一个倭瓜眼看着从坡上滚到了脚下，于是抱回家让大花洗洗切了就下锅了。

歪歪梨晃了晃手里的另一个倭瓜："这一根秧长出来的倭瓜，还进了两家的锅。"

"要不你到我家菜园里摘点菜，爱摘啥摘啥。"李老三说。

歪歪梨倒是没去李老三家菜园摘菜，不过听说他回家后，跟他爸妈说，自己以后娶媳妇盖新房子时，一定要盖在李老三家更北边。

我们村，就这么一个封闭的村子——可是还有人嫌封闭得不够彻底呢。

有一回，王大乐呵晚饭后没事干，溜达到洋灰筒子，在跟前转悠了十分钟。这以后的三天里，他挨家挨户串门宣扬自己的新想法："要是把洋灰筒子安上个大铁门，晚上锁起来，那咱们村家家户户晚上睡觉时连大门都不用关了。"

"好像他家里有什么东西值得偷似的。"村民们私下对王大乐呵的想法不以为然，没有一个人响应他的建议。

洋灰筒子没门没锁，却能关住我们村的一些东西，当然，同时也挡住了外面的一些东西。

有一年，村里来了几位上头的人，说是要修一条从市里通往一个矿区的公路，有两条路线供选择，他们过来考察，是选择经过我们村的这条，还是选择经过另一个公社的另外一条。

在下沟大队部里，上沟下沟的村民们，围着上头的人你一句我一句，都希望能选择我们村这条路。可是当"考察团"走到洋灰筒子跟前的时候，一位领导马上摇了摇头："不行，肯定不能走你们这条路了。你们这个铁路涵洞走大卡车的话太窄，更没法错车。不可能有解决的办法，只能考虑走另一条路了。"

村民们自知理亏，一个个垂头丧气，都不说话了。

三十年前，我们村就失去了一次"对外开放""与村外接轨"的机会。

三十年以后。

当年想吃高稳柱家鱼的大军，想在北沟建一个养鸡场。养鱼缺水没条件，养鸡还是可以的。

没想到他妈妈第一个出来反对：“在北沟里养鸡，鸡粪的臭味只能往村子里飘。全村人白天黑夜闻臭味，还不得把咱全家骂死。”

大军想想也是，自己当年连一条鱼的香味都能闻到，几百上千只鸡的粪臭味就更不用说了。

最后，大军通过跟村里协商，把鸡场建在了离我们上沟三里地远、下沟到山咀间远离路边的一块空地上。

鸡场没建在我们上沟，全村人长长地出了一口气。

“豆腐——”“豆腐——”“豆腐——”

村民王盐白的媳妇天天做豆腐，在我们上沟和下沟、山咀卖。

在上沟卖豆腐最轻松。倒不是因为上沟人买得多，而是她只需要吆喝一声，村民们就能听到三声，包括两声回声。

可是过了洋灰筒子到了下沟就不行了，她吆喝一声，只能听到一声回声；等到了山咀，回声就彻底没有了，她必须一嗓子一嗓子喊出来。

这几年，大花在村里说话的声音又开始大了起来。

村里几乎家家户户都种了果树，苹果、梨、枣、杏……各家都去市里卖水果，今天谁去卖谁没去卖，一筐水果大概卖多少钱，大家互相都心里明白，没有必要藏着掖着。

关键是二帽子媳妇花花尝也不会跟她来借钱了。花花尝以前年年买鸡雏，可是不知道为啥总是养不好，没开始下蛋就被她养死了。后来她儿子在市里卖菜，她干脆和二帽子一起离开村子去帮儿子看摊。手里天天过钱，再也不用跟别人借钱了。

歪歪梨后来真的把新房子建在了李老三家的北边，不过当然不是为了和李老三抢从山坡上滚下来的蔬菜水果。他是觉得房子建在村边，除了院子能占得宽敞些之外，大门口附近的空地可以供自家自由使用——后来，他在靠近山坡处围起了一块一亩大小的闲荒地，当作牲口圈，养起了羊和牛。

偶尔有苹果倭瓜啥的从山坡上滚下来，歪歪梨才懒得去捡，他媳妇燕子倒是会去捡起来，不过不是放进锅里或嘴里，而是直接扔到牛羊圈里。

王大乐呵的想法一辈子都没能实现——直到他二十多年后突发重病，医治无效，永远地长眠在北沟的山坡上，洋灰筒子的铁门也没安。

没安门就对了。村里的土路修成水泥路后不久，就开通了公交车，从市里发来的，每天早中晚各一趟，我们村是终点站。洋灰筒子虽说让大家铺上了四十厘米厚的水泥路面，通过一辆普通公交车的高度还是绰绰有余。只不过这些年村民们买小汽车的多了，大家进进出出洋灰筒子，都会提前摁几声喇叭。

我在城市里而不在村子里的时候，会经常在电脑或者手机上，看我们村子的卫星地图。居高临下，看得越发清楚，我们村就是一个明显封闭的"世外桃源"。

有时,我甚至有些感激从小生活在这样一个封闭的村子里。

环境封闭,原本就增加了身处其中者的交往交流机会,而我们村的特殊情形,更是加强了村民之间的这种交往交流:村里各家各户的农田果园基本在村北的北沟,所以,住在村南的村民下地干活必须要经过村北;而我们村的出村路向南,所以,住在村北的村民出村必须经过村南。这样一来,村南村北,整个村子的村民,互相之间几乎天天能见面。

长期共同生活在一个偏于封闭的环境里,人和人之间自然更容易产生亲近感、信任感,并且有共同的归属感。而我觉得,我们村子里村民之间的这些感觉,浓度和深度要增加一倍。

比如,想要给洋灰筒子安装大铁门的王大乐呵同志,永远活在村民们善意的嘲笑和偶尔的怀念里。

第二章

出村才能吃到细粮

村中大道

我们村的出村路其实并不宽敞，不过村里人都管它叫“大道”。

村北的李芝麻晚饭后到村南的李万财家下象棋。李芝麻出门的时候天还亮着，等他输了几盘棋之后回家时天早就黑了。不过这条村中大道他这几十年已经走过千千万万个来回，就算天黑得不见一点灯光月光星光，他也能准确、安全地走回自己家。

今晚，天黑得伸手不见五指。

李芝麻摸黑从大道往家走，心里懊恼地想着刚才输的棋：马不应该那么跳；车应该进四步而不是进两步，步子太小了，应该大点；中间过了河的卒子不应该着急前进而应该先横行一步，对，应该先横行一步……

横行一步，对，步子再大点——李芝麻的右脚踩到了一个“土堆”上。

挨千刀的二帽子，吃完晚饭后不好好待着，非要捯饬猪粪。趁着天还没黑，从猪圈挖了三推车粪土出来，堆在家门口的大道边，准备第二天一早送到地里去。

平时李芝麻一天恨不得在村中大道上来回走八趟，哪里长出一棵草哪里多出一块石子都清清楚楚。可是今天晚上，他怎么也想不到，他出门的时候这三车猪粪还没推出来，等他回来时，一个大粪堆已经在“暗中”默默地臭烘烘地迎接着他。

脚下一绊，上身一倾，李芝麻一下子结结实实完完整整地扑倒在了猪粪堆上。

天黑害了李芝麻，天黑也救了他——当晚，除了他媳妇，没有村民知道他回到家的时候，衣服上有多脏，身上有多臭，脸上有多尴尬狼狈。

直到第二天早晨，二帽子看到猪粪堆上的“大”字形，觉得蹊跷，事情才传开了。大家知道这事肯定是村里某个倒霉蛋在夜里干的，也知道李芝麻晚上最爱去李万财家下象棋，而且二帽子家门口是他的必经之路，都怀疑是他。于是有人偷偷跑到李芝麻家院子里寻找“猪丝粪迹”，果然看到有一身新洗完的衣服晾在那，还散着臭味呢。“是二帽子家猪粪的臭味。”侦察的人说。“大”字形的主人就这么确定下来了。

李芝麻“臭事”败露，觉得十分没面子，好几天没出门。以后出了门，路过二帽子家门口，总要指桑骂槐地诅咒几句他家门前这段路。

可是这跟路有什么关系呢？路是供人走的又不是供人来摔跟头的。你自己要摔在路上，路还嫌疼呢。

人和路打交道，跟人和人打交道一样。

看看人家李老三和郭老二多聪明。

家住村北的李老三在铁路线南边的山坡上“小片开荒”种了些棒子。秋天掰完棒子后，他推着小推车往家里运秸秆，冬天当柴烧。

棒子秸秆有两米多高，割倒捆起来就是两米多长。这东西不沉，李老三装了满满一车，从村南推着往村北的家里走。

走到大道正中间，遇到了郭老大的弟弟郭老二。郭老二也推着满满一车棒子秸秆，从北沟出来往村南的家里走。

我们村的“大道”太窄，棒子秸秆太长，堵车了。

“你往后退，我都快到家了。”李老三说。

“凭啥我退呢？我也快到家了。你往后退。”郭老二说。

谁也不退。

李老三停好小推车，坐到路边的石头上，掏出一根烟点着。

“我急啥？我又不着急回家做晚饭。”

李老三是故意气郭老二，因为他早上看到郭老二媳妇有事回娘家了。

郭老二也停好小推车，坐到路边的石头上，掏出一根烟点着。

“人晚吃一会饭怕啥？又不会像羊饿了就叫。”

郭老二知道李老三家新买了两只羊。

一根烟抽完了，两人谁也不起身，互相瞥了一眼，手伸进衣兜，准备掏第二根。

这时，高稳柱从郭老二身后拎着一个筐走过来。他也是从地里刚回来。

“你俩还能干点好事不？堵着道别人还走不走了？”

“他不退，我有啥办法？”俩人同时说。

事实证明高稳柱的媳妇二娟经常骂他笨确实是冤枉了他，高稳柱的脑瓜还是很好使的：“你俩把自己的小推车都掉个头，老三你推着老二的车回家，老二你推着老三的车回家。反正就是一车破秸秆，多一捆少一捆也不吃啥亏。”

“馊主意。”李老三说。

“幺蛾子。”郭老二说。

“就这么办。”

两个人一边说着一边站了起来，把各自的小推车原地调个头。

“我这一车肯定比你那一车多两捆。多两捆就多两捆，不跟你计较，明天你把我的小推车送我家来，把你的车推走。”李老三说。

“行吧。啧啧，这还叫不计较……”

两人南北位置互换，推着对方的一车秸秆回家了。

大道上堵车的问题就这么解决了。不过事情还没完。

第二天快中午的时候，郭老二到李老三家送小推车来了——当然，醉翁之意只在酒：“我媳妇没在家。今天中午我就在你家吃饭了啊。”

在我们村，男人和男之间说“吃饭”，其实就是喝酒的意思。

“亏死了，”李老三说，“多送你两捆秸秆不算，还得喝我两壶酒——大花，再炒一盘鸡蛋！”

李老三和郭老二喝酒的时候，外面的大道上，我的同学王千铁，正和我们共同的另一位同学于大海斗智斗勇——为了一泡牛粪。

为了一泡牛粪，王千铁已经在大道边等了三天。

原来，三天前，王千铁帮着他爸王福往家里运棒子，王福推着装得满满的小推车，王千铁在前面拉着绳子领路。前两天刚下过雨，大道泥泞，车子总是晃，掉下了一根棒子。因为一时不方便停下车捡，父子俩又费力前进了三十多米，到了平坦之处，才把车停下来。王福让王千铁返回去捡。

王家爷俩根本没注意到，就在他们身后不远，于老大和于大海父子俩也正推着一车棒子往回走。于大海看到前面车上掉下一根棒子，而王家父子并没停下来，以为他们没发现，于是手忙脚乱地向前跑几步，迅速把那根棒子捡回来，塞进了自家车上的棒子袋中间。

王千铁回头找棒子，却没找到，就问于大海：“看到刚才我家掉的棒子了吗？”于大海摇摇头说：“没看到。没准掉泥地里被埋住了吧。”

王千铁怀疑棒子是被于大海捡去了，可是又没有证据，只好悻悻地返身回去。

回到家，王千铁把这事跟他妈说了。她妈气不打一处来：

“这不明摆着欺负咱们吗?”王福刚才在路上光顾着推车,没多想这事,现在一琢磨,确实气人,于是又把儿子补骂了几句。

王千铁心里真是憋屈。他突然想到了王校长在学校里讲过的一句话:在哪里跌倒,就在哪里爬起来。

第二天,王千铁专门躲在自家院墙后,盯着不远处的大道,只等着于大海和他爸往家里运棒子谷子高粱红薯时能掉下点什么。

可是等了两天,人家往家里运回了好几趟东西,连一片叶子都没掉下来。

终于,到了第三天,机会总算来了。

于大海和他爸赶着自家的牛从北沟里出来往家走。

路过王千铁家门口的大道时,那头牛突然拉了一泡屎,很大很多的一泡屎。

在我们村,牛粪羊粪猪粪鸡粪,还有,人粪,都是好东西——能给地里的棒子当肥料;长出大棒子,卖了可以换大米白面吃,换酒喝。

家家户户都在攒粪积肥。于老大嘱咐于大海:一会儿到家拿粪叉和粪筐,把咱家这泡牛屎捡回去。

于大海回到家,口渴想喝水,喝完后又想撒尿,一滴不浪费地尿到厕所里,然后才慢慢腾腾地拿着粪叉粪筐返回刚才牛拉屎的地方。

可是,这么一会儿工夫,那一大泡牛粪已经不翼而飞。

没错,趁着于家父子俩回家的几分钟时间,王千铁飞快地拿着自家的粪叉粪筐跑到大道上,不顾臭味,把那泡还冒着热气的新鲜的牛粪捡到了自家院门口的粪堆里。

要不是于大海在家里喝水撒尿耽误了一会儿,他应该能把王千铁抓个“偷牛粪现行”。于大海真是懊恼。

于大海看到王千铁狡黠的笑,估摸着就是他干的好事,可是“屎”无对证,只好拎着空粪筐回家了。

王千铁终于出了一口气:你捡我家棒子,我捡你家牛粪。这泡牛粪,明年开春运到自家地里当肥料,可以帮助长出好几根大棒子。

三十年以后。

社会主义新农村建设正在红红火火地进行——村里要修水泥路,同时安装路灯。

村里很多人,包括李芝麻,都加入了施工队。安装路灯的活比修路累,还有危险,可是李芝麻主动提出要去安路灯。

大家都知道为什么。

二帽子看李芝麻要去安路灯,觉得很不好意思,也主动报了名。

“你放心,”架设路灯杆的时候,二帽子对李芝麻说,“就算安了路灯,以后我要是再往大道上堆猪粪,也会提前告诉你一声的。”

李芝麻感动地流下了——满脸汗水。

李老三和郭老二各自推着小推车,又在村里的大道上相遇了。

“你可别撞我,撞我咱俩谁都甭想活。”李老三说。

“你也小心点,我可还没活够呢。”郭老二说。

这些年,大家都不再往家里运棒子秸秆了,家家户户平时做饭有电饭锅煤气罐,冬天烧煤取暖。

李老三和郭老二各推着一罐刚刚新换的煤气罐回家。

新修的水泥路比原来的土路宽敞多了。两个人各行其道,井水不犯河水。

李老三的儿子大城和郭老二的儿子志强都买了小汽车。他俩开车在大道上遇见的时候,互相鸣一声笛,就过去了。

用不着高稳柱的儿子小帅来疏导交通。

但是直到现在,我们上沟人,关于修路,一直有个烦心事没解决。

我们村的水泥路,只修到村子人家尽头的北沟门,也就是歪歪梨家门前。再往里,没有人家了,路仍然是土路。

前几年修水泥路的时候,村里人高兴且骄傲,嘲笑并同情还在走土路的邻村,比如跟我们村隔着一座东山的刘营,北边隔着一座小山丘的鹰手营子村。过了两年,形势有变:刘营和鹰手营子村都修上了水泥路,并且连通了起来。让我们陈家沟村人特别是上沟人没面子的是,鹰手营子村已经把水泥路修到了与我们村最北端的交界处，也就是三道坡的坡底下。

这可是我亲眼见证的。那天，我正好放假回村，没啥事，就帮王千铁家刨红薯——他家的这块红薯地跟鹰手营子村的地“接壤”。正忙着，鹰手营子村的一个施工队伍从小山丘那边过来了，拉来一车水泥到道路交界处，开始往鹰手营子村方向铺路。我扔下手里的镐头，用手机拍下了人家的第一车水泥倾倒在土路上的历史性一幕。

从这以后，轮到人家嘲笑我们村了：陈家沟人，干半拉子工程，走断头路……

我们村人听着干生气，没底气反驳。

有一年，我们村里很多人家，深受这“断头路”之苦。

村民的农田果园，大多位于北沟里的少量平地上和两侧的山坡上。进进出出北沟，不下雨的时候还好，下了雨，整条沟三四里路，满是深深的泥泞，小推车、电动车根本不可能进出。

收秋的时候，按节气来说应该没什么雨水了，可是有一年很反常，大家越是着急想往家里收棒子，这雨越是几天里淅淅沥沥下个不停，北沟的路都快成了小河。离沟口近的地还勉强好说，沟里比如三道坡地里的棒子，根本没法收回来。

大家等了好几天，甚至盼望赶紧降温上冻，把路冻上就可以走了，可是老天爷一点都不着急过冬。

实在等不及了，有人提出一个无奈的办法：绕路。开着电动车，从洋灰筒子出村，经过下沟、山咀，绕到与我们村隔着一座东山的刘营；再经过刘营，到达我们村北边的鹰手营子村，最后进入我们的北沟。

装了棒子，再沿着这条路返回村子。

这样，起码三道坡上的棒子能收回来。

好几家都采用了这个办法，虽然来回要绕二十里路。

于老大催着于大海骑电动车去三道坡收棒子，可是于大海死活不去。

“收点破棒子，还要绕八百里远走别人的村子，我真是丢不起那个人！我们陈家沟人还不被刘营人鹰手营子人笑话死！那些棒子，就算喂了地里的耗子，我也不能赶上门去丢人现眼。”

“败家玩意儿！你还想把棒子留在地里喂耗子？”于老大气得直哆嗦。于大海要面子，可是他爸这个老农民想要棒子。于老大一边骂儿子，一边自己去推电动车：“你不去，老子自己骑车去。”

于大海一看老爹要来真的，只好服软：“我去，我去。”

于是，那天上午，刘营、鹰手营子的村民看到了一个全副武装的人开着电动车飞快地经过：大檐帽，大墨镜，口罩。

就像一个要去偷运东西的贼。

下午，这个“贼”又以一身同样的打扮，拉着一车“赃物”——棒子——快速地从村子里闪过。

于大海总算没丢面子。他的这一身打扮，不用说刘营、鹰手营子的人，就连他亲爹，都看不出这是谁。

从这一年起，于大海，还有我们村的很多村民，都不想再种地了。

当然，村里六十岁以上的老人除外。

棒子对我们生存的意义

“这些败家孩子，糟践粮食，就该饿你们俩月！”李不倒捡起王千铁刚刚扔掉的半个棒子面干粮，一边掸去上面的土，一边大声训斥。

“要不是共产党好，毛主席好，你们能吃着棒子面干粮？解放前，咱们村里连棒子都没有，天天吃不饱饭呀……”

要不是我们跑得快，李不倒肯定会抓住我们，再给我们讲一遍他年轻时的故事。那段故事，很多个白天和晚上，村里人在大道边闲坐闲聊的时候，他已经讲过八百遍了——

1956年以前啊，咱们村里种的粮食只有红高粱、谷子、茶豆，连红薯都没有。这三种粮食产量都低，比棒子的产量可差远

了，家家户户吃不饱呀。

红高粱可不比现在的高粱，糙得很，煮粥捞干饭又酸又涩。当时啊，牲口吃着红高粱都流眼泪，你想想人吃着该是啥滋味。

到了1956年，我记得清清楚楚，上头有人来了，给村里送棒子种，不要钱，白送，让大伙种，说是产量高，比高粱好吃。还是共产党好毛主席好啊，想着咱们这些穷庄稼人。

可是大伙也不敢种啊。谁也没见过这种粮食，万一种了不长，或者产量比高粱还低，那不就要了人命了？大伙就当着上头领导的面，种了两垄。等人家一走，又接着种高粱。

嘿，没想到，到了秋天，那两垄从来没见过的庄稼，一棵长出一个大棒子。两垄棒子，收成比四垄高粱还高。磨成面，金黄金黄的，煮粥，比高粱米粥好喝。大伙这叫后悔呀，当时咋就没跟党走没听毛主席的话种棒子呢。

第二年开春，上头又给送来了棒子种，这回大伙举双手欢迎，都种棒子，高粱撇一边不种了。那大棒子，产量能赶上高粱的三倍。

光吃棒子也不行不是。第三年，上头又给发下来了高粱种子，说是改良品种，比原来的红高粱好吃。这回大伙谁也不怀疑了，又种了些新品种的高粱。嘿，真是比原来的红高粱好吃多了，起码村里的牛从那以后没流过眼泪。

你们这些小孩子啊，没经受过以前的苦，这个不爱吃那个不爱吃的，想天天吃大米白面？哪有那么好的事？过去地主都没有大米白面。知足吧！

“你不想吃大米白面？谁不想吃好吃的，你当年不是也爱吃棒子不爱吃红高粱？一个道理嘛。”

到底歪歪梨比我们大些，我们这些小孩子可想不出这样的话来反驳李不倒。我们只觉得扔干粮肯定是错了。

只要不是离吃饭时间前后差得太离谱，我们村里人见面打招呼都是这样的：

“吃饭了吗？”

“吃了。你吃了吗？”

“没呢。”

通常，打招呼打到这里就结束了。

我们互相只问吃没吃，从不问吃的啥。

不用问也都知道，村里每家每户的一百顿饭里，大概有五十顿棒子面，二十五顿高粱，十五顿小米，五顿红薯（秋冬季节），两顿白面，一顿大米，还有两顿——想不起来是怎么对付得了。

一百顿饭里有九十五顿都是粗粮，其中有五十顿都是棒子面，还有什么好问的呢？

绝大部分人家只有到了春节，才能敞开肚皮吃上几顿细粮。村民们以比市场上优惠一半的价格（比例），用棒子兑换镇上专门为照顾农民过年而供应的大米和白面：每个大人可优惠供应三斤白面、二斤大米，每个小孩二斤白面、一斤大米。

我们村根本没有大块的平地种麦子，水稻就更不可能了。棒子、高粱、小米这些粗粮是我们的主食；一个月能吃上五顿细粮,一定是家里有人是“非农业”。

吃过一顿细粮,就再也不爱吃粗粮了。

那天早晨,我们去上学,王千铁拿着一个棒子面干粮从家里出来了。原来,今天的早饭,他只喝了一碗小米粥,说吃饱了,其实他是不爱吃棒子面干粮,想吃白面馒头。他妈知道他根本就没饱,非让他拿上一个干粮去上学。

路上,王千铁吃了几口就不想吃了。“剩下的这块干粮我扔了,你们可别告诉我妈。”王千铁说,“棒子面干粮可真难吃,刺嗓子。要是馒头我肯定不扔。”王千铁给自己找理由。

我们十分理解王千铁,大家都和他一样想吃馒头不爱吃棒子面干粮,所以我们都不会去告诉他妈。

可是王千铁很倒霉,他扔这半块棒子面干粮的时候被李不倒看到了。李不倒训斥了王千铁,顺便捎带着我们——而且竟然还想再给我们讲一遍他年轻时的故事。

王千铁他妈还是知道了这件事,好在没打他。

但是他爸打他了。

还不如让他妈打。

我们这些小孩子都不爱吃粗粮。

一天下午,于大海放学回到家,他妈嘱咐他:“我和你爸去菜园浇水,锅里是高粱米粥。刚才都煮得差不多了,一个小时后你点着火,火别太大,再煮五分钟。记住,五分钟就行。等我和你爸回来,粥就正好熟了。”

高粱米不爱熟。煮粥的时候，一般都会用大火煮到七八分熟，灭了火；过个把小时，再点小火煮一小会儿。这样煮出的粥很烂很黏糊。

可是，于大海实在不想吃高粱米粥了。

过了不到一小时，于大海就开始点灶火煮粥。

是的，不到一小时。

他用大火足足烧了十多分钟，而不是他妈叮嘱他的：小火，五分钟。直到锅里飘出高粱米粥浓郁的——煳味。

把高粱米粥烧煳，没法吃，妈就得重新做饭，做好吃的。

于大海这么想的时候，灶里红红的火焰映着他断断续续的哈喇子。

可是于大海想得太幸福太美满了。那顿晚饭，他并没有吃上“好吃的”。他先是被他爸打了几巴掌，然后全家人一起喝了一顿煳味十足的高粱米粥。

于大海委屈又疼痛的眼泪，流进粥碗，拌着煳味，一起被咽下了肚子。

从李不倒他们那代人年轻时开始种棒子起，几十年里，在我们村，各家各户一年到头收成的多少，基本是以棒子的多少来衡量和比较的。

那年秋天，地里的棒子都收回来了，王千铁、二鼻涕、于大海、王大粮我们几个挨家挨户串，是要比较一下谁家收的棒子多。

于大海家的棒子垛很大，二鼻涕家的棒子垛虽然小，却有两个。两个人争论半天，最后，二鼻涕提出拿尺子量一量——那时我们还没学会怎么计算长方体的体积，长宽高不是乘起来，而是加起来。最后确定，还是二鼻涕家的棒子多。

王千铁家和王大粮家的棒子垛对比很明显，是王大粮家的大。不过王千铁的一番话让王大粮很泄气："你家七口人，我家四口人，当然是你家的棒子多了。可是要是每个人平均一下，还是我家每个人的多。"

不能怪大家在这件事上争得面红耳赤，棒子在我们村，事关肚子，更关面子。谁家要是棒子收得太少，就算不饿肚子，主人也会被大家认定为不是一个合格的庄稼人——别人家的鸡一天下一个蛋，可是自己家的鸡两天下一个，你会怎么看待自家的鸡呢？别人又会怎么看待你这个鸡主人呢？你怎么看待自己家的鸡，别人也会怎么看待你。

农村人不嘲笑穷人，只嘲笑懒人。

歪歪梨一点都不懒，棒子也年年收得多，可是他媳妇燕子却受到了村里人，特别是女人们的嘲笑。

事情是这样的——

一天早晨，歪歪梨一家准备吃早饭时，大花来借锄头。她家的锄头坏了一时安不上。

刚一掀门帘进屋，燕子正好从灶台往屋里饭桌上端一盘刚出锅的棒子面干粮。大花一看到那几个干粮，立时哈哈大笑起来："燕子，这是你贴的干粮吧，你看你那四个大手指印，哈哈哈……跟鸡爪子踩上去似的，哈哈哈……"

燕子惭愧地红了脸。

歪歪梨像被人发现了自家故作神秘因而惹人羡慕的宝贝其实并不值钱，尴尬地笑了几笑，然后就连借给大花锄头都感觉不情愿和亏得慌。

两个小时后，燕子贴干粮有手指印的消息全村每个女人都知道了。

“燕子贴干粮竟然有四个手指印。”

“燕子贴干粮竟然有四个大手指印。”

“燕子贴干粮竟然有五个大手指印，还不是四个。”

“燕子贴干粮竟然有五个大手指印，还不是四个。干粮刚出锅还被鸡踩上了一脚。”

“燕子贴干粮竟然有五个大手指印，还不是四个。干粮刚出锅还被鸡踩上了一脚。歪歪梨气得一早上都没吃饭。”

“燕子贴干粮竟然有五个大手指印，还不是四个。干粮刚出锅还被鸡踩上了一脚。歪歪梨气得一早上都没吃饭。还说以后大花再也别到他家借东西。”

棒子面干粮是村里家家户户每天要做要吃的，衡量一个家庭妇女做饭水平的标准之一就是棒子面干粮做得如何：肯定不能煳锅，还要蒸得暄软，有点甜味；模样更是不能太差，最好是椭圆形，水滴形也不错，留下手指印是大忌。要是蒸出的干粮上有手指印，说明这个女人做饭水平根本拿不上台面——要不就是新媳妇，要不就是懒媳妇，一辈子也改不了的是傻媳妇。

像燕子这样的新媳妇，什么时候蒸出的干粮没有了手指印，才说明她收起了在娘家做姑娘时幼稚任性贪玩的心性，随着婚姻成长成熟了——真正把自己当成了这新的一家的媳妇、女主人，真正融入了婆家并开始安心用心过日子。

一个月后，换了一个女人，不是李老三媳妇大花而是王三发媳妇彩霞，借口借东西到歪歪梨家暗暗侦察。

两个小时后，村里的每个媳妇都长长松了一口气：燕子贴干粮总算没有手指印了。

燕子的问题解决了，李老三却和于老大因为棒子的问题打了一架。

李老三和于老大两家在北沟里一处叫“于家坟”的地方各有一块地，挨着。于家地头有几棵刺槐，几年里渐渐长高，终于，有一天，刺槐树遮住了李老三家刚刚长出的棒子苗。

李老三知道解决这个问题只有一个办法：把刺槐树砍了。要不然，自己家的棒子苗在长得足够高之前，年年都会受刺槐欺负，见不到阳光。

砍完之后，李老三“好心”把刺槐树的“尸体”送到了于老大家。

于老大气得大骂，说再过三五年刺槐树长粗，自己要砍下来做锄把，这回让李老三一下子给毁了。李老三虽然心虚，嘴上也不饶，说这几棵刺槐要是再长三五年，影子得有三尺长，自己家的棒子苗见不着阳光，以后每年会少收一二十斤棒子。

最后，两人协商的结果是：李老三把原来长刺槐树的地方替于老大补种上棒子；然后，李老三不管是到东梁也好，还是到小梁前也好，要替于老大砍一棵成年刺槐杆做锄把，要直溜的，不能带疤。

没错，锄把安上锄头做成一把新锄，是为了给棒子苗耪地。

毕竟，棒子对我们村村民的生活来说太重要了——棒子是粗粮，但是我们要想吃到细粮，也必须倚靠棒子。

三十年以后。

一大早，刚喝完大米粥，吃过白面馒头，于大海就来到了李老三家。

李老三也刚喝完大米粥，吃过白面馒头。

“三叔，今年的地我不想种了，你要是想种就给你种，连以前你给我爸砍的那把锄也还给你。于家坟那块地咱两家挨着，一起种的话也值得种一回。我实在是懒得种了。我爸都快七十了，我早就不想让他下地了。”

“大海啊，你来得真巧。我也正琢磨今年这地该怎么种呢。就说我家那块地吧，最多打两千斤棒子，八毛钱一斤，卖一千六百块钱。扣除种子钱、化肥钱、挑地钱，纯挣还不到八百块。我也是六十岁的人了，从春忙到秋，算算真是不值。要不，你考虑考虑，我家那块地你来种得了，也不要你钱也不要你棒子，只要地别荒着就行。那个锄你爸还能继续用。”

“三叔，可别提那把锄了……我是真不想种了。我现在去工地干小工，一天就是两三百块，几天工夫我就把这一年的棒子钱挣出来了。唉，那我去别人家问问。你要是听说谁家想种，也告诉我一声。”

于大海从李老三家里出来的时候，于老大正从家中的墙上取下李老三跟他合作制成的那把锄，准备到待耕的地里转一转。他还不知道，此时，儿子正千方百计，想让这把耪了三十年地的锄从他手里退休呢。

一块地，到了如今这个年代，如果仍然只能种出棒子高粱而种不出大米白面，会和一把旧锄一样不受待见。

燕子在村里是很受人待见的。

燕子四十多岁的时候到市里一家饭店打工，在后厨做帮工。后来看到一位面点师傅能做出各种各样的花样面食，便有心偷偷跟着人家学艺。燕子心灵手巧，又有贴棒子面干粮练出的手艺基础，半年多，也学会了十多种花样面食的做法。

可惜燕子和歪歪梨没有条件在市里开饭店。后来从市里回到家，燕子就变着样给全家人做面食。村里人知道燕子有这个手艺之后，谁家有来客宴请，都会请她去当面食大厨。

当然，现在的大部分面食，原料都是白面而不是棒子面了。

“哈哈哈……燕子，你做的这个馒头，怎么头上长了八根手指头，跟鸡爪子似的，哈哈哈……”大花又在笑话她。

“那叫八爪鱼馒头。还鸡爪子。你家鸡爪子长八个指头？”

大花不笑了。

村里的每个媳妇,都冲着大花摇摇头,夸张地叹口气。

王千铁拿着一块棒子面干粮,来到大道边,边吃边跟大家聊天。

“好几个月没吃了,做一回,还挺好吃的。”

八十多岁的李不倒拄着拐杖,蹒跚到王千铁跟前,眯着眼睛看了看他手里的棒子面干粮:“你们这些人真是怪,大米白面吃不完,还吃那东西。电视上还说什么要经常吃点粗粮,粗粮好吃是咋的?还想回到过去过苦日子?棒子面高粱米,我这辈子算是吃够了。”

王千铁故意逗他:“你不是说这辈子有棒子面吃就知足了吗?咋也吃起大米白面不撒嘴?”

“咱也要与时——与时啥来着?俱进,对,咱也要与时俱进不是?嘿,还是共产党好啊。解放前,咱们村里连棒子都没有,天天吃不饱饭呀……”

这个故事,李不倒已经讲过好几个八百遍了——并且还要继续讲下去。

出村才能吃到细粮

一天傍晚，在大道上，我和王大粮打招呼：

“吃饭了吗？”

“吃了。你吃了吗？”

“没呢。”

本来，通常打招呼打到这里就该结束了，我们并不是真的很关心对方吃没吃饭，更不是为了打探对方这顿饭吃的是什么。

但是，这一回，我没收住思路，不小心问多了：

“你吃的啥？”

我真的不是故意的。

王大粮根本没想到我不按规矩打招呼，竟然要多问一句。他显然没有心理准备，脱口而出：“吃的大米饭呗……不对，馒头。”

“瞎说，你嘴角还粘着一个小米粒呢。”

……

我真是太让王大粮丢面子了。

其实，说完后面这两句话，我也有点后悔。这就像一个人突然掉了鞋，一下子露出有两个大窟窿的袜子，看到的人和被看到的人，都会尴尬。

我竟然在无意中窥探到了王大粮的隐秘，他的内心里，实在是太想吃一顿细粮了，大米饭或者馒头都行。

我有一点点想让王大粮到我家来吃一顿晚饭，因为今晚我妈做了“二米饭”，就是小米和大米各一半掺在一起捞成的饭。可是，我想了想，还是不让他来了，他多吃一碗，我家人就得少吃一碗，我该吃不饱了。我家也好不容易才吃上一顿。

我家能比王大粮家多吃上这么一顿半顿的“好吃的”，是因为我爸是“非农业”户口。爸在铁路山洞那边的公社政府里上班，中午在食堂吃饭，早晨和晚上在家里吃，所以每月能省下十多斤属于他的那份细粮。从公社带回来，我们全家就能偶尔吃到大米白面了。

像我家这种情况，我们全村总共近一百户人家中只有四户。其他人家就没有这么多细粮吃了。

王大粮他爸就算往北沟的地里去的次数再多，他家每月吃大米白面的顿数也很难提高一顿。

我们村的地里不出产麦子和稻子。想吃白面大米，只能用棒子去换——就算是花钱买，那钱也是卖棒子得来的。

可是，真的用棒子换细粮，或者卖了钱买细粮，又有几家能舍得呢？李不倒说我们村里人人都能吃饱饭，那是说天天吃粗粮——每家产的粮食供全家人吃饱饭是没有问题的，但是如果用粗粮换细粮，就不能保证了。

粗粮一毛钱一斤，细粮好几毛钱一斤，好几斤粗粮才能换一斤细粮，这样不平等不合算的事，李不倒和村里大部分人是一定不会干的。归根结底，总不能本来一天吃三顿粗粮还能吃饱，却变成一天只能吃一顿细粮挨饿。要细水长流，不能宽水断流。

可是细粮真的比粗粮好吃啊！大米饭闻起来香喷喷的，就算院子里弥漫着鸡粪猪粪牛羊粪的臭味都能闻到这股香；嚼起来软软的，还有一点点甜，不像高粱米饭和小米饭那么粗糙，干涩，难以下咽。面食里最好吃的是饺子，但是每年只能大年初一和初五才能吃上两顿；唉，没有饺子的话，烙大饼也行，问题是烙饼需要放油，可是大家平时连炒菜都舍不得多放一点点油，怎么会有额外多的油去烙饼呢？好吧，没有烙饼，馒头、面条也行，都比棒子面高粱米好吃太多了。

可是，到底怎样才能弄到细粮呢？

于文武有个亲戚是刘营的，叫刘胜，在县城的一家面粉厂上班。

那年冬天，刘胜推着小推车来到我们村，车上装着一布袋子“白面”——姑且就叫白面吧，因为白面再黑，也叫白面。

他给我们村带来了“细粮”。

刘胜说，这袋面粉是他从县城的面粉厂弄到家的。“实话跟大家说，这袋面呢，是平时洒在我们厂子车间地面上的，反正厂子里也不要，人家城里人可不吃洒到地上的面粉，职工可以自己处理。嗯，我就是厂里职工，你们村于文武是我二表弟。我就把这些面粉收起来。从县城运到家里也不容易不是？今儿个呢，大家谁愿意要，就用棒子换，两斤棒子换一斤面。两斤换一斤，便宜吧？好面粉的话得四五斤棒子换一斤。先说好了，这么便宜，大家要是吃着不满意，也别埋怨我。”

我们村里人，从来都是以价格来决定该不该买一样东西，而不是以质量，甚至不是以需求。

当然了，大部分时候，大家都会觉得价格贵。

这一次，刘胜的面粉虽然颜色发黑，甚至里面还有绳头线头等杂物，大家还是觉得占了便宜。

不到半小时，刘胜小推车上的一袋面粉变成了两袋棒子。

第二天一早，上学的路上，大家都在谈论昨天的晚饭：

“我妈蒸的馒头特别硬，一点都不软乎，还牙碜。”

“我们家包的白菜馅饺子，可是还没等煮熟，饺子皮都裂开了，白菜馅也散出来了。昨晚我也不知道吃的算是啥饭。”

“我妈擀的面条，下锅一煮，全都断开了，面条变成了面疙瘩。”

对于我们村里人来说，不管这顿饭好吃不好吃，它的意义在于“好歹也是细粮”“总算换了一次口味”。

一年中最让李不倒感动、最让孩子们激动的日子到来了。

腊月底，村里的大喇叭响起了喜庆的通知：“镇上来换过年的细粮了！镇上来换过年的细粮了！现在各家开始到下沟大队换细粮。跟往年一样，大米白面，都是两斤棒子换一斤。白面大人每人三斤，小孩两斤；大米大人每人两斤，小孩一斤。棒子要晒干的，棒子要晒干的。”

哦，白面大人！大米大人！你们终于来到我们村了，大伙都盼了一年了。

家家户户开始出动，大人扛着棒子，小孩子拿着两个空口袋，乐呵呵喜洋洋走过洋灰筒子，到下沟的大队部换细粮。

我家“四口人”，妈、我、妹妹、弟弟，一共换了九斤白面，五斤大米。爸是“非农业”户口，就没有爸的那份。

有好几年，我一直困惑，我家到底是四口人还是五口人。在家里数人数的时候，我、妹妹、弟弟数出来的都是五口，爸还夸弟弟会数数；可是一到生产队分东西的时候，人家都说，“你家四口人”，我伸着脖子看记账簿上的人口数量一栏，竟然也写着“四口”。

细粮背回来，这个年，全村各家各户的大人小孩就有煮不破的白菜馅饺子和香喷喷软乎乎的大米饭吃了。

“还是共产党好啊！解放前，咱们村里连棒子都没有，天天吃不饱饭呀……”李不倒家里人口多，回家的路上，他左肩扛着二十多斤面粉，右手拎着十多斤大米，不知疲倦地讲起从前的故事。

从第一次跟着大人经过洋灰筒子去下沟换细粮开始，我渐渐发现了人生中一个重大的秘密：往北沟里走，只能吃到粗粮；

要想吃到细粮，必须向南，出村。只有出村，才有更多机会吃到细粮。

小学四年级上半学期，我被评为全公社的优秀少先队员。“六一”儿童节的时候，王校长和姜老师带领我和另外四名学生，到公社中心小学开大会，庆祝节日，同时接受表彰。

那天，妈为我准备了要带的午饭：昨晚专门到下沟代销店买的两块油糕，还有一个自家腌的咸鸡蛋。能吃上一块油糕，可是过年时候才能有的美事了；咸鸡蛋，是为家里来客人时准备的。妈是要用这顿午饭来表扬和鼓励我吧。

后来想一想，甜甜的油糕和咸咸的咸鸡蛋，该是怎样的一种味道组合呢？

应该是世界上最美味的组合了吧。

那天中午，我一边激动地欣赏着颁发给我的奖状和一枚红色的少先队员胸章，一边更加激动地品尝着油糕和咸鸡蛋。那时我意识到，我这次要是没有获表扬，也就没有机会到中心小学参加大会，妈也就不会专门给我买油糕，带咸鸡蛋。

好好学习，才有机会走出村子；走出村子，才有机会吃好吃的。

也许是油糕为我加了油，也许是咸鸡蛋为我添了力，一年多以后，我以全乡（那时“公社”已改为“乡”）第一名的成绩考上了乡初中。王校长说，我差 0.5 分就能考到县城里的中学了。是真的，差 0.5 分。

我要是能考上县城的中学，住在学校里，肯定能天天吃上细粮了。现在,我在乡里中学读书,只能偶尔吃一顿“二米饭”——这已经是妈对我的优待了。

乡初中在火车站附近,离我们村有五里多地,我每天上学要带午饭。早晨,妈蒸棒子面干粮或者捞小米饭的时候,偶尔会在锅里同时放上一个铝饭盒,专门蒸出一盒“二米饭”。我早饭吃干粮或者小米饭,中午带二米饭。妹妹和弟弟上小学,中午不用带饭,回家吃,所以二米饭没有他俩的份。不过隔一段时间,妈也会特意蒸上满满的一盒,除了我带够中午的,还可以剩一些,让妹妹和弟弟也沾光享受一次。妈自己就没有了。

可是我不爱吃二米饭,大米饭多好吃啊。于是我跟妈说:我宁愿吃一顿小米饭,然后吃一顿真正的大米饭,也不愿意吃两顿二米饭。妈同意了。我中午吃小米饭的时候,就想着,这一顿小米饭虽然不如二米饭好吃,可是下一顿我就能吃上真正的大米饭了。

从学校再往前走不到一里地,就是我们全乡最大的商店:乡供销社。每天在学校吃完午饭,同学们都爱去“逛商店”。大家总是先挤到卖文具的柜台前——虽然也有人买笔本墨水尺子之类的,但这不是大多数人的主要目的——然后,我们从文具柜台,一点点挪到卖食品的柜台,就像上小学时到六爷子的代销店里看糖一样。

糖块,点心,罐头……这些东西可比大米白面还要好吃。其中有一种大麻花,应该是最好吃的了,哦,不,我还没有吃过,我只是觉得会很好吃——大麻花那么好看,又那么好闻!

“反正我已经吃完饭了，现在一点都不饿。”我的同学刘洋盯着大麻花说。

“大麻花太贵了，要一毛五一个，买一个本子才八分钱。一个本子能用半个多月，一根麻花十分钟就吃完了，太不合算了。”另一位同学张小战也盯着大麻花说。

除了手里并没有一毛五分钱，我实在想不出别的不买大麻花的理由：难道真的只有我想吃大麻花？

商店售货员、胖乎乎的小李叔往食品柜台这边走了过来：“该回去上课了！别看了，该回去上课了。”

嗯，是该回去上课了，不过明天我们还会来的。

看了闻了将近一个学期的大麻花，到了期末，我终于攒够了一毛五分钱。

但是我必须告诉张小战一件事：一根大麻花，五分钟就能吃完，根本吃不到十分钟。

初二那年，我平生第一次吃到了另一种美味：油条。

老师带领我和另外两位同学去县城参加学科竞赛。上午考完试，中午吃饭的时候，老师问我们想吃什么，我说我想尝尝油条，以前光听说过没吃过。于是，我有生以来第一次下了馆子——吃了四根油条。

那是比饺子和大米饭还要好吃的美味。

我这时才真正为自己两年前少考了 0.5 分感到遗憾：我要是能考到县城读初中，肯定早就有机会吃上油条了。

吃完油条，我和老师、同学坐公共汽车回家（下了汽车还要转坐二十分钟的火车）。可是，出发不到十分钟，我就开始恶心，想吐，原来是油条太油腻，我又吃得太多，车一晃，胃里翻江倒海……

从那以后，我记住了，坐车之前，一定不能吃太油的东西。

那一天，我似乎又想明白了一个道理：离我们村子越远，好吃的越多，也越有机会吃到。

说来有点脸红，好像我就是为了能吃到“好吃的”似的——高中时，我真的考到县城来上学了。

我确确实实能天天吃到细粮了。

学校食堂一天三顿有两顿是馒头，另一顿是大米饭或者面条，每两个星期能吃一次油饼。

并不是每顿吃馒头，我都能买得起菜。可是，即使就着从家里带的咸菜吃馒头，我也感觉比天天吃棒子面高粱米美味和幸福多了。

学校每个月放一次假，放假那天，我中午买饭时会多买上十个八个馒头，下午带回家。

妹妹和弟弟最盼着我放假。

我的假日是他们的节日。

三十年以后。

“卖大米白面，卖大米白面——好大米，好白面——”

每隔三四天，刘营村刘胜的儿子刘红苗就会开着小货车，而不是推着小推车，到我们村卖细粮。

村里早就没有人会去谈论“细粮”“粗粮”的话题了。

刘胜已经从县城面粉厂退休多年。刘红苗也曾经在面粉厂上过七八年班，后来厂子效益不好，倒闭了，他就专门走村串乡做粮食生意。

“保证是好大米，好白面！我今儿个提前把话撂在这：大伙谁要是吃着不满意，下回来我给退钱。”

刘红苗可不敢像当年他爸那样，说“要是吃着不满意，也别埋怨我”这样的话。

虽然“有质量保证”，可是刘红苗每次来我们村，最多也就能卖出三四袋大米白面。不是他的米面质量不好，是因为平时来村里卖粮食的，可不止他一个人。

有一回，我们村的于文武，也就是刘胜的二表弟，刘红苗的二表叔，专门给刘红苗带上了二十多斤小米，“拿去给你爸熬粥喝，换换口味，还有营养”。

刘红苗非要给于文武留下一袋子大米：“二叔，现在小米比大米还贵，再说你种点小米也不容易。这袋大米你留着。”

于文武说啥也不要。刘红苗过意不去，下回来我们村时，特意给于文武买了油糕等点心和村里不容易买到的肉类熟食。

我们的初中学校（现在已经变成了小学）附近的“供销社”已经更名为“农资供应站”，主要是“为农业生产服务”，不再卖食品。

我的初中同学刘洋在农资供应站斜对面开了一家小超市，张小战开了一家熟食店。小超市里天天摆着麻花。刘洋经常去张小战的店里买猪头肉，张小战经常去刘洋的店里买烟买酒，可他们从来不吃麻花——就像三十年前一样。

当年的胖李叔叔还在这里当售货员，只是更胖了些。他马上就要退休了，职工身份属于“供销社系统”。

我认得他，跟他打招呼。他记得三十年前的事，但是他说已经不记得我。

我能理解，毕竟，那些年月里，到食品柜台前闻大麻花香味的小孩子太多了。

我在北京上班，和同事一起吃午餐。

“你爱吃米饭还是爱吃面食？”同事问我。

“米和面我都爱吃。”我说。

“奇怪，大部分人只爱吃米，或者只爱吃面。”

“那是因为人家从小就吃米或者吃面，吃习惯了。我们老家没有米也没有面，所以我都爱吃。”

“啊？没有米也没有面，那你咋活过来的？”

我告诉同事：“别忘了，玉米，高粱，谷子，还有红薯，都是粮食。”

苹果滋味

大人们干农活累了要歇歇喝口水，小孩子写作业累了要歇歇吃个苹果。

二鼻涕吃了可不止一个。

一天早晨，我们去上学时，在二鼻涕家大门口等了半天也不见他出来。后来他妈出来了，跟我们说，二鼻涕今天肚子疼，就不去上学了，还让我们帮忙跟姜老师请个假。

第二天，二鼻涕可以上学了。在路上，我们问起他昨天为啥肚子疼。

“那你们可别跟别的同学说。”

“嗯，保证不说。”

原来，前天下午，生产队分了苹果。晚上，二鼻涕写作业时，跟他妈说，今天的作业很多也很难，他想一边吃苹果一边写。

二鼻涕已经快一年没吃到苹果了，所以他妈同意了。

结果，今天的作业似乎确实很多很难——平时不到一个小时就能写完，二鼻涕今晚写了两个多小时。

他妈要睡觉时看到二鼻涕这间屋里的灯还亮着，进来一看，一大堆苹果核正陪着二鼻涕写最后一页作业。一数，一共十三个苹果核。是的，十三个。

苹果树是生产队集体的，还没分到各家各户，村民伺候起苹果树来积极性不大，所以苹果生长的积极性也就不大，我们家家户户分到的苹果，个头也就不大。

可是，跟十三个苹果比，二鼻涕的个头和肚子也不是很大啊。

果然，二鼻涕躺在炕上后，肚子开始发胀，上了一趟厕所，还是解决不了问题。后半夜，打着饱嗝过来的。

到了凌晨，肚子还是发胀，跑了好几趟厕所——实在没有力气去上学啦。

“我觉得我嘴里现在还有酸甜味呢。”二鼻涕说。

我们几个没有人嘲笑二鼻涕，因为那个晚上，我们也吃了苹果，而且也想吃得像二鼻涕那么多，只是我们没找到他那么聪明的理由。

我们平时只有粗粮吃，极少能吃到水果。我们曾经到山上采过酸枣、山杏，还有两三种叫不上名字的野果。可是这些“水果”都太小，吃起来不过瘾，而且酸味远大于甜味，几乎只有酸，没有甜。

在我们村，真正的像模像样的果树，苹果树稍多些，梨树少，杏树枣树更少。每年秋天生产队分的两筐三筐水果，是全村男女老少舌头和日子的调味品。舌头有滋味，日子才有滋味。

那时候，每家每人分得的水果很少，也没有去市里卖钱的说法。

这回，分了苹果——不用花钱就能得到的美味，孩子们终于可以敞开肚皮吃了。

一直吃到拉肚子上不了学。

二鼻涕他妈没舍得打他，他已经够难受——也够幸福的了。

家庭联产承包责任制开始实行后，农田、果树都分到了各家各户。我家的苹果树就在头道坡上全村最大的那片果园里。

以后的几年时间，家家户户收获的苹果渐渐多了起来。原因一是有的村民自己新栽种了果树，另外就是原来集体的果树分到各家后，村民们有了积极性，伺候得好，于是苹果树自己也愿意多结点果。

棒子、鸡蛋、猪肉之外，苹果是增加村民收入的后起之秀。

九月份，红苹果已经挂满树枝。小孩子们看着嘴会馋，想摘下来吃；大人看着心会动，想摘下来变成钱——换成别的好吃的给孩子吃。

果树成了私家的，各家也便有了私心。

每个苹果就是一枚闪闪亮的硬币，一张脆脆响的钞票。

于是就会有人偷别人家的苹果，也就有人想看住自家的苹果。

一天，郭老大对媳妇桂香说："咱得给苹果树打上药，看谁还不怕死敢偷苹果。"

可是桂香表示反对："你傻呀！万一真有人吃苹果出了事，咱能没一点责任？再说了，真要是打了药，儿子想吃苹果咋办？还能去偷别人家的？"

"那——那就不打药了呗？"

"死脑筋，我有办法。"

第二天，第三天，两天时间里，桂香这家访，那家串，包括在大道边跟大家闲聊时，三拐两拐，话题最后都会拐到"给苹果树打药"这件事上。

第四天，全村男女老少都知道她家要给苹果树打药了。

时机已然成熟，桂香让郭老大推着一桶水，自己背着喷雾器，拿上一个药瓶子，一路大嗓门地跟大家打着该打不该打的招呼，就差敲锣打鼓——往苹果园去。大家一看，信了，这夫妻俩真的是去给苹果树打药了。

装模作样地往树上喷了半天，其实"药水"里根本没兑药。为了让人闻起来确实有药味，桂香特意在每棵树树干上洒了几滴真药。

"药"打完了，桂香掏出在家里准备好的硬纸壳，用塑料布包起来——为了防止下雨浇坏——挂在树上。

纸壳上写着一行歪歪扭扭的钢笔字：苹果打药了，偷吃药死活该。字后面还打着一个×。

“看谁不怕死。”桂香说。

这样一来，好像真的没人敢偷她家的苹果了。

可是让郭老大和桂香苦恼的是，这以后，每次二鼻涕说想吃苹果了，他俩在给儿子摘自家树上的苹果的时候，只能小心翼翼，偷偷摸摸，先转转眼珠看看周围没有人再下手，就像在偷别人家的苹果一样。

他们怕别人看到后，怀疑他家的苹果树并没有真的打药。

我偷过一回苹果，而且竟然偷了不跑，结果，当然是被当场抓住了。

我们上初中，午饭要从家里带，学校伙房每天中午负责把学生的饭盒蒸热。

蒸热饭盒就需要烧柴，学校让每个学生往学校伙房送来五十斤柴火。于是，周末，我和堂弟二强，到铁路线南边的山坡上去割柴。

山坡上有几棵苹果树，是下沟的李分田家的。

我和二强割柴累了，跑到树下歇着。

苹果就在头顶。吃上两个苹果，那还不是“举手之劳”……

我俩躺在苹果树下的草丛里，嘴里鼓鼓囊囊的，裤兜里也鼓鼓囊囊的。

正美美地吃着，苹果树的主人李分田突然出现在我们眼前，哦，应该是眼睛上面，还有一把明晃晃的镰刀。

“行啊，偷吃不算，裤兜里还都装满了啊。”李分田晃了晃手里的镰刀。

这时候我和二强才反应过来,我俩真是太大意了:我们从山坡上能看到下沟李分田的家,咋就没想到李分田也能从家里看到这片山坡呢。他就算到院子里上个厕所撒泡尿,都能顺便看一眼他家的这几棵苹果树。

“我知道你俩是谁家的,”他说,“我得到你们家里跟大人说道说道。”

我和二强垂头丧气地走在前面,割完的柴火也忘了一起背回来。李分田拿着明晃晃的镰刀走在我俩后面。

我和二强裤兜里的苹果满满当当的,那是我俩满满当当的罪证。

李分田怎么跟我们两家大人说的我们就不知道了,我俩倒也没受到什么难忘的惩罚。但是我和二强从此在村里留下了不怎么强的名声:偷了东西竟然不知道跑。

下沟的李分田在家里一边撒尿一边就能看护自家的苹果,我们上沟人就没这么幸福了。

于大海家的果园在二道坡,苹果长得不错。快到下树那些天,于老大担心夜里会被偷,决定晚上去看苹果。他在果园里搭了一个简易的窝棚,铺了些干草,准备晚上住在这。

一个人夜里睡山上,于老大心里也发怵,就叫上儿子来做伴。

有个人做伴,是自己的儿子,于老大想害怕也不能害怕了。晚上,爷俩坐在窝棚口,于老大抽了几颗烟,于大海数了几颗星星，于老大就进窝棚里呼呼睡觉了。只是于大海到底还小，想到山里有鬼有怪，钻进被子里蒙着头，哆哆嗦嗦的，半夜才睡着。

天亮了，到苹果树下转一圈，一个苹果也没丢，于大海埋怨他爸，白在山上挨冷受冻担惊受怕了一宿。

第二天傍晚，于老大还叫儿子跟自己去山上住。于大海说自己害怕，不想去了。于老大很生气，训了儿子几句，于大海快哭了。

正在这时，二帽子来了，主动提出今晚一起跟于老大去看苹果。二帽子家的苹果树也在这片果园里。

于老大很高兴。可是他哪里知道，是二帽子媳妇花花尝暗中帮了他忙。

半个小时前，花花尝对二帽子说："人家于老大都去看苹果了，你也应该去。"二帽子说："这个傻娘们！有他在那看苹果，等于给咱们的也看着了，我还去干啥？"花花尝气得捶了他一拳："你个木头脑袋，还说我傻。你也不想想，整个晚上，苹果园里就他家爷俩，还不是想摘谁家的就摘谁家的……"

"明白了明白了。"二帽子恍然大悟，"还是我媳妇想得周到。今晚我也去，马上就去……"

二帽子不是去看苹果，是去看于老大。

于大海一听有人替自己去看苹果，傻乎乎地破涕为笑。他爸比他聪明不了多少地也笑了。

这一晚，一个人睡觉的花花尝睡得比二帽子在身边还踏实。

苹果下树，家家户户高高兴兴往家里运。运到家，先放到地窖里存起来。

我们村各家都有地窖，在生产队集体时就挖了。地窖里面通常挖得很大，就好像有很多好吃的要往窖里藏似的。

那个时候没有，现在还真有了，每家窖里都能存上十筐八篓的苹果。

村民们每隔两三天，就会用小推车推着两小筐苹果，赶到五里地外的火车站；把小推车寄放在车站，然后挑着苹果，坐半个小时的火车，来到市里，卖上大半天；傍晚时分，再坐火车回来。

也就是从这个时候起，大部分村民手里开始渐渐有了些喜人的收入。

挑苹果是体力活，卖苹果就是个技术活。我们村里，张开犁最会卖苹果，而李芝麻在这方面是最笨蛋的一个。

李芝麻，就是撞在了二帽子家猪粪堆里的那位。他愿意亲近猪粪，所以他种地是一把好手，照顾苹果树也特别上心。除草、施农家肥、浇水、打防虫药这些常规维护不算，他还专门请乡里的果树技术员来给苹果树剪枝。结果，到了秋天，他家的苹果结得最大最红。

"你的苹果肯定能卖个好价钱。"大家或者真赞美或者真嫉妒地跟李芝麻说。李芝麻有点飘飘然。

只是李芝麻还没有清醒地意识到，现在已经不是在村集体吃大锅饭的年代，面向市场、闯荡江湖、各显其能的时候到了，而他的能力和思想水平显然已经跟不上时代发展的要求：他嘴笨，脑瓜子转得慢，一辈子只适合默默无闻脸朝黄土背朝天。他收获了好苹果，却发怵去市里卖，实际上也不会卖。

早晨，李芝麻和张开犁各挑着两筐苹果一起去市里。晚上在火车站碰面的时候，张开犁的两筐苹果已经卖光了，李芝麻只卖出了半筐。

“你连吆喝都不敢吆喝，还想卖苹果?”张开犁对李芝麻又同情又生气:“卖东西要敢说话！还得见人说人话，见鬼说鬼话。要不然，卖苹果的那么多，人家凭啥就买你的？活该你卖不出去。”

李芝麻还挺倔:“我见不着鬼，更不会说鬼话。”

“你这种人没救。”张开犁摇摇头。

一起坐火车回家，一起过洋灰筒子。张开犁回到家时，媳妇站在大门口笑脸相迎:“快进屋，饭菜早就做好了。”李芝麻回到家时，媳妇把他一顿骂，就差没撵到洋灰筒子外。

“让我去市里卖苹果，可比我伺候果树难多了。谁买我的苹果，我就批发给谁。你们到市里，爱卖多少钱卖多少钱，我不眼红。”李芝麻跟大家说。

大家都承认李芝麻的苹果好，可是，让谁真金白银掏出钱来买，心里还是觉得不踏实。再说，各家里也都还有苹果，总得先把自家的卖完，再考虑倒卖挣差价。

“等我把我家里的卖完，从你这批发点。”张开犁说。

整个冬天，李芝麻天天盼着张开犁早点把自家的苹果卖完，好来批发他家的。

那些日子，他就像冬天里不生蛋的母鸡一样，被主人——媳妇——嫌弃。以后的很多个冬天，他也是这么过来的。

能把苹果树伺候好却不会卖苹果，一个农民最大的悲哀莫过于此。

除了和大人们一样喜欢收获苹果的秋天和卖苹果的冬天，我们这些学生娃，还喜欢苹果园里的暑假。

我们最喜欢到苹果园“看苹果”，当然，是在白天。其实，七八月份的时候，树上的苹果还小得不值得偷，也就根本不值得我们去看。我们一群孩子到苹果园里，其实就是凑在一起玩，抓蚂蚱，逗蝈蝈，爬树，荡秋千……累了就随手摘几个苹果，一边吃一边评论谁家的苹果长得多长得大。

一个午后，我在一棵苹果树下睡着了，做了一个梦，梦见树上的一个个苹果都变成了五颜六色的硬币，然后这些硬币又变成了各种各样的好吃的，大馒头，糖果，点心，罐头，冰棍……纷纷从树上飘落下来。

我被砸中了。不是被好吃的砸中，是被不知谁扔的一块土坷垃。我醒了，所有好吃的一下子全都消失了，眼前只有头顶的苹果。

有一个叫张锁头的孩子，比我大两岁。有一回，我们俩一起爬一棵苹果树，我在上面爬，他在我下面爬。我一不小心脚没蹬住树干，身体悬空，手支撑不住，掉了下来，掉在张锁头身上，跟他一起摔到了树坑里。

张锁头脑袋挨我屁股的撞，屁股挨地的撞，气急败坏，爬起来要打我。我一看他急了，真要打人，只好转头就跑。张锁头屁股疼，追不上我，气中生智，伸手摘下两个苹果，扔过来打我。

我听见了苹果从耳边急速飞过的声音。

很多年里，每次看到苹果，我的耳边都会响起这个声音。

不过，后来，看在他辛苦地扛着沉重的自行车在洋灰筒子里“演戏”为全村人谋福利的份上，我原谅了他。

我不知道他有没有原谅我：他个子很矮，会不会认为是我从树上掉下来把他砸得不长个呢？

上了高中，暑假的大部分时间也要上课，真正的假期极短。这时我再到苹果园里来，会带上一本书，不过不是课本，是一本诗集。

诗集陪伴的短暂暑假，才是我真正的青春时光。

我也曾在苹果树下写过几首诗，朦朦胧胧的。如今，那些分行的文字，比那时某个午后在苹果树下做过的梦，被遗忘得更彻底。

三十年以后。

二鼻涕现在啥水果都不爱吃，不用说苹果，就连能卖十块钱一斤、市里人都承认特别甜的新品种大枣都不爱吃。

近些年，我们村的山坡上又新栽了很多果树，主要是苹果和大枣。大枣是一种优良新品种，据说还曾在某个全国性的枣类评比中获过大奖。

“吃多了,早就不理会儿了。”二鼻涕说。在我们村,“不理会儿”就是“不稀罕、不在意”的意思。

他说的“吃多了”,不知道是说三十年前一次性吃多了,还是指现在能经常吃得到。

二鼻涕的闺女小梅在镇上的初中念书,住校,每周末回一次家。小梅倒是爱吃水果,二鼻涕和媳妇每次都给闺女带上一大兜子苹果。“晚上写作业累了饿了,就吃一两个。最多两个,不能吃多了。”二鼻涕嘱咐小梅。

“你以为闺女像你那样嘴上没门。”媳妇取笑他。

二鼻涕当然知道媳妇说的是哪一出:他一晚上吃十三个苹果的故事已经在村子里流传了三十年。

“闺女又不是只有苹果可吃,啥好吃的没有?啥好吃的买不到?我当年可是只有苹果。我们那时候,生活苦啊……”

“知道啦知道啦。那时候,苹果是你们无滋无味的生活的调味品,是你们在寒冷的冬夜努力读书写作业的巨大动力!”小梅嘻嘻哈哈地甩出几句让她爸哭笑不得的词儿,拎着一袋子苹果坐公交车上学去了。

都啥年月了,孩子们才不愿意听“老一辈”忆苦思甜。

但是,最近这三四年,村里又出现一种新趋势:差不多五十岁以下的村民,连伺候果树、卖水果这类前些年天经地义的事都懒得做了。做这些事的,多是五十岁以上、出去打工人家都不愿意要的人。

有一回,二鼻涕正在市里的一个建筑工地上干活,他爸郭老大给他打来手机，说东梁山坡上的枣熟了，应该摘下来拿到市里去卖，“就算八块钱一斤，五十斤就能卖四百块”。

可是二鼻涕给他老爸算了一笔账：“我摘一天枣，再卖一天枣，两天满打满算能挣四百块钱就不错。可我现在干一天是三百块钱，两天六百。你说我是去挣那二百，还是去挣三百？干脆，你自己去摘吧，我可不去干那亏本的买卖。”

郭老大算了算，账倒是这么个账，可是他总觉得哪里有些不对劲。

不过郭老大倒也不用太着急，村里有人以批发价收购大家的水果，最会卖水果的张开犁就做这个生意。偶尔也有下沟的人上来收。

郭老大在果园里摘了枣，现场就可以过秤卖给张开犁，还能拿到现钱。

批发价虽然低了点，郭老大也认了，毕竟，按照儿子的理论，这些钱多少都是白赚的。

张开犁常年到市里卖水果，他的销售水平已经达到了能让人“宁买我的烂杏一篓，不吃别人仙桃一口”的“高端”境界。

“你就记住两条：见人说人话，见鬼说鬼话；把鬼说成人，把人说成神。”只要大伙一有空聊天，张开犁就会一本正经又眉飞色舞地讲起他的水果销售经验和成功案例。

“你咋又多了一条呢？以前你不就是‘见人说人话，见鬼说鬼话’这一条吗？”七十岁的李芝麻问。

“你这人，唉，一辈子死脑筋。你想想，现在买东西的人都变聪明了，咱们卖东西的能不跟着变聪明？能不比买东西的更聪明？‘见人说人话，见鬼说鬼话’是最起码的本事，你得接着把人家往高处捧。现在人都有钱了，他本来只想买五斤，你把他捧高了，他不买十斤八斤都不好意思……”

唉，确实，张开犁的脑瓜筋，李芝麻这种人一辈子也跟不上，学不来，也根本理解不了。

我回村里，到下沟溜达。返回上沟快到洋灰筒子的时候，从铁道线上下来一男一女，每人挎着一筐苹果。

远远的，我认不出是谁。

走到跟前，看到那个男人筐里的苹果，我突然知道他俩是谁了。

没想到对方也认出了我。

“哎呀，你是上沟本家大兄弟吧？真是你，好多年没见了。以前见你的时候你还小呢，才上初中吧。这一晃，三十来年了。”

是，当年我偷你家苹果被你爸抓到的时候，刚上初中。

“你是李分田大伯家的俊宝大哥吧？真是，很多年没见了。这位是大嫂吧？还头一次见呢。”

“是我，是我。哎呀，我爸以前还经常说起你呢，说你学习好，后来还到县里上高中了。”

经常说起我？说我干啥？难道就只说我学习好没说我偷摘你家苹果的事？肯定说了。

不过上次回来时听说李分田已经去世了。只要他走的时候没记着这事就好。

“兄弟呀,以前的事,我爸也真是欠考虑,几个苹果,不应该找到你家里去。”

“大哥,这事早就过去啦,咱不提啦。再说了,谁年轻时不犯点错误呢……哦,哪个小孩子没做过错事呢……”

“是啊是啊,咱不提了。来,快给你拿几个苹果,就是铁道线南边山坡上那几棵苹果树结的,好吃着呢。”

我早就知道,确实很好吃。

俊宝从筐里拿出好几个苹果,热情地往我手里塞。

“谢谢大哥啊,我拿两个就可以了。”我说。

“嘿,苹果咱家还不有的是? 多装几个,多装几个。”

俊宝又往我的裤兜里塞了好几个,我的裤兜鼓鼓囊囊、满满当当的。

我特别感动。

“大兄弟,想吃苹果就到那片苹果园里去摘,都是我家的,随便摘。”俊宝媳妇也热情地对我说。

我当然知道那片果园是你家的,我第一次吃到“你家”苹果的时候你还没嫁到我们村呢。

“是啊,随便摘,随便摘。”俊宝也说。

“大哥,嫂子,太感谢了。你们看我这裤兜都装满了!”

“客气啥,裤兜能装几个? 有空再来串门啊。”

裤兜确实能装不少呢。

我挥挥拿着苹果的手跟他俩告别。

他俩也跟我挥手告别。

夕阳照在他俩高高举起的镰刀上,明晃晃的。

哭哭笑笑的鸡蛋

大花三婶，我有个事一直想跟你和我三叔说一下，就是关于那二十八个鸡蛋。为什么是二十八个而不是三十个——你要怪，不要怪我妈，就怪我吧。

在咱们村，谁家媳妇生了小孩，亲戚街坊随份子的时候，通常就是送三十个鸡蛋，再加几斤小米——钱是没有的。这两样东西有营养。你也知道，小米可多可少，三十个鸡蛋一般是不多不少的——意思是让产妇一天吃一个，补一个月的身子。

从你生你家大城那天起，我妈就开始攒鸡蛋了。她的计划是每天攒两个，攒半个月，然后就去你家看你和大城。

我妈每天从鸡窝里掏出鸡蛋，就会单独专门放在一个篮子里——特意给十五天以后的你准备的。

攒到第十天的时候，在我妈的意识里，篮子里已经有了二十个鸡蛋。

那天，我妈下午又去地里干活了。她给我留下纸条，让我放学回来后，再给锅里的高粱米粥添点火，就是再煮上五分钟八分钟的。

说到这你可能猜到了，对，是我，那天，趁着在家里煮高粱米粥的机会，从那个篮子里拿出了两个鸡蛋——你说“偷”也行——我不知道那是我妈特意给三婶你准备的，也不知道我妈正按天计算着篮子里鸡蛋的数量。

我偷着煮了两个鸡蛋，还特意把火烧得很大，差点把粥烧煳。我估摸着鸡蛋熟了，就赶紧捞出来，两个都吃了，挺香挺香的。鸡蛋皮被我埋到院子的菜园里了，当然，埋得很深。

晚饭时，我妈倒是有点纳闷，为什么我平时都喝两碗粥而今天只喝了一碗半，我实在是喝不下去了。但是我妈应该没往别处想。

这样，第十五天，当你收到我妈给你送去的鸡蛋和小米的时候，我妈其实不知道，那些鸡蛋是二十八个而不是三十个。因为那天当我知道我妈要去给你送鸡蛋的时候，我还偷偷地紧张地盯着我妈：她出发之前，确实没数鸡蛋的个数。我还暗自庆幸呢。

可是，后来，好像就有一些话传到了我妈的耳朵里，说我妈随份子故意把二十八个鸡蛋当三十个。

我相信你是无意中说出并且也不会真的在意差两个鸡蛋的，可是话一出口，传到别人耳朵里，再从别人嘴里一出来，就变味了。

我是为了让大家不再误会我妈,才说出这些的,要不然我肯定不会不打自招。毕竟,我相信我爸妈不可能发现菜园里埋着的鸡蛋皮——鸡蛋皮不但埋得很深,我还用浮土做了伪装。

你有机会还是跟别人说一下是怎么回事吧。只要你跟两个妇女说了,全村人很快就会都知道的。

都怪我,不怪我妈。

祝你身体健康,祝大城弟弟快乐成长。

二强,我承认那次你赔了鸡蛋又挨打的事主要还是因为我,是大哥我对不起你这个弟弟,也对不起你妈妈我二娘。如果以后还有这样的事,我肯定会挺身而出勇于承担属于我的那份责任的。

那天下午咱俩一起放学回家,一出校门,你就掏出藏在书包里的弹弓。其实咱们平时都没有什么玩具,上回大家一起在铁道线上捡到的那把从火车上掉下来的红色塑料玩具大刀,大家才轮流玩四五天就坏了。我爸从市里买回来一个万花筒,我自己刚看一天,第二天拿出来想给大家开开眼,你们一争抢,一下子掉在地上摔碎了。我爸不可能再给我买第二个。

你往学校带弹弓,胆子也真是够大的。我可不敢,我们姜老师查得严。

路过下沟王跟脚家大门口的时候,你瞥见他家院里斜对着大门口的鸡窝旁站着一只鸡。我不知道你跟一只鸡有什么仇,咱们的作业本可都是鸡蛋换来的——你小声跟我说你要练练打弹弓。你捡起一块石子,装上弹弓,闭上右眼瞄准(我才想起你是左撇子),发射出去。没想到你这个左撇子打得还挺准,那只鸡被打中,扑腾着翅膀跑得没影了。

我看到鸡窝里还有一只鸡,我说我也要玩一玩你的弹弓,你慷慨地把弹弓递给了我,眼神中满是“该轮到你了”的意思。我也像跟鸡有仇一样,忘了作业本的事,捡起一块石子装上弹弓打过去。真没想到,我打得也很准,窝里那只正趴着的鸡,一下子站起来,跑出鸡窝,惊慌失措地扑腾着翅膀跑得没影了。

我刚把弹弓还给你,是的,刚刚递到你手上,王跟脚媳妇听到动静从屋里走了出来。她看看大门口的咱俩,又回头看看鸡窝,突然就追出了大门,大声喊着:“二强,二强,你赔我家鸡蛋,你赔我家鸡蛋!”

“我家老母鸡每天这个时候在窝里正要下蛋,你用弹弓把它打跑,谁知道它会跑到哪去下。你得赔我一个鸡蛋。”

我们都还小,做事情没考虑那么长远周全:打一只鸡的时候,没想到是在打一个正在生蛋的鸡,更没想到是在打一个鸡蛋。

不过话又说回来,二强,我十分佩服你的临危不乱、思路清晰:“不对,我打的是站着的公鸡,”你指指我,“他打的才是趴着的母鸡。”

你打的确实是公鸡,我打的真的是母鸡,从两只鸡的背影和逃跑的姿势能分得出来。你欺负一只公鸡就罢了,我不该欺负一只母鸡。我要吓哭了,说不出话来。不过王跟脚媳妇并没听你的辩解,她揪着你的耳朵:“我不管你俩谁打的母鸡,弹弓在你手里，就得找你赔。走，到你家跟你妈说去。”

女人好像很少能有她这么明白道理的。

可是一件事情到了女人嘴里，又往往会变形，甚至假的也会变成真的。

于是，那天，你“用弹弓打跑一只正要下蛋的母鸡”成为眼见的铁定的事实。最后，你妈妈，也就是我二娘，赔了王跟脚媳妇一个鸡蛋。

我真是很感激你，你并没有追到我家让我承认是我打跑的母鸡。也或许，你是觉得，如果你不把那只公鸡打跑，我打的那只母鸡也就不会跑，或者说，因为公鸡跑了，母鸡才跟着跑。

不过，第二天上学的路上，你偷偷向我展示了你妈妈我二娘留在你屁股上的五个手指印。

大粮，你别只顾着笑二强，你那件关于鸡蛋的事也挺招笑的。不过你放心，我绝对不会说出去的，谁让咱们两家是挨着特别近的邻居呢。

不过就算我说出去，你也不会怪我吧，毕竟咱俩玩得那么好。

你虽然名字叫大粮，而且有个弟弟叫二油，而且还有个弟弟叫三满仓，可是那时你家并没有粮油满仓，你家的鸡窝就是你家的仓库。那时鸡蛋不论斤两不论大小，都是一毛钱一个，我们上学写字用的田字格本八分钱一个，离咱们学校不远的代销店就进行这样的交易——我们家里都只有鸡蛋没有钱。

那天早晨咱俩一起上学。一开始，我发现你走路小心翼翼的，可是后来，走着走着，你就和我一样疯疯癫癫了。等我们走到学校门口的时候，你像是突然想到了什么，双手伸进裤兜里掏东西。那时，你的脸色和眼色都变得通红……

等你的左手慢慢从裤兜里拿出来的时候，我很悲伤地看到了你整个人的两种颜色：你红红的脸和眼睛，还有你黄黄的沾满了鸡蛋液的手指。

我知道一个悲剧发生了：你一早出门时，左边裤兜里放了一个鸡蛋，准备拿到代销店换一个田字格本——这样换三次还能攒下六分钱买一根冰棍——你可能只想着冰棍却忘了这个鸡蛋，鸡蛋不知道什么时候就碎在你的裤兜里了。

田字格本没有了，两大口冰棍没有了。你在我憋不住的笑声中哭了。

我不知道关于这件事你会不会怀疑我什么。但是你一定要相信，那天在上学的路上，我在你前面跑了几步，并不是故意要让你在后面追；我走过洋灰筒子时深一脚浅一脚，其实是在为你趟路；后来我把步子走成了“8”字形，也并不是故意让你学我扭胯摇屁股。我要是知道你裤兜里装着一个鸡蛋，我肯定会陪你慢慢走，小心走，好好走，直到把鸡蛋安全完好地护送到代销店，就算迟到挨老师训也不在乎。

我已经攒了四分钱，攒了很久，我还指望你攒下这两分钱一起买冰棍呢！

王千铁同学，你的故事伙伴们都知道，整个村子的人也都知道，我就没有什么可遮掩的啦。

你家里翻盖新房，村里很多壮劳力来给你家帮工。帮工是不会给工钱的，给钱也不会要，大家都是你帮我我帮你，主要还是没钱给，但是一日三餐烟酒茶水你家是要招待的。

那天我吃完晚饭后去找你玩。你家还没吃晚饭，大家要天黑才收工。晚餐时，你妈妈给每桌端上一道“硬菜”——一盘熟鸡蛋。每盘装五个鸡蛋，每个鸡蛋切两刀分成四小块，总共二十小块，一桌十人，每人平均两块。浇上酱油，点上香油，这可就是我们平时难得享受到的美味了。

“帮工的”在吃饭的时候，你作为小孩子，是不能上桌一起吃的。你多想吃上一块煮鸡蛋啊，于是你拿了一个小板凳，捧着语文课本，坐在餐桌旁。你看起来像是在念书，可是你的眼睛斜斜地盯着餐桌上盘子里的鸡蛋。

你妈妈毕竟是你妈妈，她好像知道你的心思。你往餐桌前凑一凑，她就把你往后扯一扯。你远远地看着盘子里的鸡蛋，心里期盼着“帮工的”吃完时能剩下一块，哪怕一块。你紧张地瞄着盘子，数着剩下的鸡蛋——大人们没听见，但是我听见了，“三——块，两——块，一——块。”还只剩一块时，你忍着眼泪咽了咽口水。当终于有人夹起最后一块鸡蛋毫不犹豫地送进嘴里时，你说出“一块也没了”五个字后，终于“哇”的一声哭了。

别人不知道你家盖新房为什么你却哭，可是我知道，你妈也知道。后来，“帮工的”也都知道了，再后来，全村人都知道了。

但是大人们没人笑你，因为他们清楚，如果自己家里招待客人，他们家的孩子，也会这样数鸡蛋，也会像你这样哭。

当时笑你的，很多年以后还能笑出眼泪的，是我们这些和你一样大的孩子——是我们这些同样为鸡蛋哭过的人。

三十年以后。

大花三婶，你给我和我妈攒的那三十个柴鸡蛋我就不带了。你的心意我领了。你说城里超市买的鸡蛋都是养鸡场的，不如咱村里散养的鸡下的蛋好吃，这我知道，我妈天天买菜做饭，更是觉得对比明显。可是从咱们村带到北京的话，路上太远了，开车山路多，拐来拐去的，到了城里车又多，停车起步的，鸡蛋容易破，撞碎俩，三十个变成二十八个，就不合算了。

听说你快要当奶奶了，大城媳妇过些天就要生了，我妈让我向你全家表示祝贺。你还得给儿媳妇攒点鸡蛋。现在村里养鸡的少了，随份子也都送钱不送鸡蛋了，这三十个鸡蛋你就给儿媳妇留着吧。还得再多攒些。

我会跟我妈说一声的，代我妈感谢你。

祝你和我三叔、大城和他媳妇、未来的小宝宝平安健康。

二强兄弟，我想跟你商量个事。

这周末我要回咱们老家，你在市里要是没事的话，你也回村里一趟，咱哥俩都好几年没见了。

我听说王跟脚和他媳妇身体都不太好，身体不好吧还舍不得养身体，连只鸡都舍不得吃。村里老年人都是这样，生病时人把钱花在医药费上，平时却舍不得买点好吃的。我这次想从北京给王跟脚和他媳妇带两只北京烤鸭、几盒稻香村点心什么的。你回去的话干脆就在市里给他们买点青菜水果算了。

我还给王跟脚的小孙子买了个智能学习机。玩具我没买，王跟脚肯定没少给他孙子买玩具枪、弹弓啥的。回去得告诉王跟脚叮嘱孩子，少玩那些有安全隐患的玩具，特别是玩具弹弓不能乱打。

我给你妈我二娘买了两盒补钙的营养品，是我妈叮嘱我买的。我妈知道当年是你替我受了冤枉，让二娘生气丢面子还赔了鸡蛋。

见面咱俩再喝酒详聊。

大粮，我听说你胳膊摔伤了，知道原因后——唉，咋说你好呢。

你家里最近几年没有鸡了，所以你到邻村的养鸡场去买鸡蛋。你挎着一个篮子，走着去的。

你要是回来的时候也走着回来就好了。可惜，从养鸡场刚出来，你正好碰上咱村的大亮骑着电动三轮车从闺女家回来。他好心让你上车，说能少走几步是几步。

大亮腿脚有毛病，所以他说出这样的话一点没毛病。可是你一个腿脚正常脑子也正常的人……

反正你拎着半篮子鸡蛋上了大亮的电动车。

你应该知道，大亮平时骑电动车，恨不得比别人开汽车都快，他想用速度来证明他有毛病的腿脚比我们没毛病的腿脚还快还利落。

结果，到了洋灰筒子前下坡拐弯时，没控制好，电动车倾斜得厉害……

他扶着车把，勉强没掉下来——你掉下来了。

这也不能全怪大亮。你坐上车后，起码应该腾出一只手来扶着点栏杆吧，可是你不，你两只手都抓着鸡蛋篮子。

车子倾斜的时候你应该抓紧栏杆了吧，可是你还不，你两只手把鸡蛋篮子抓得更紧了，还抱在了胸前。

你连人带篮子一起摔出了车外。鸡蛋碎了，你的胳膊也摔伤了。

鸡蛋也就二十块钱，你去医院检查买药花了好几百。

你当年要是能有这么小心，那个鸡蛋也不会碎在你的裤兜里。

这次出事，我也明白了，你这是一朝被蛇咬十年怕井绳。也许，你紧紧抱着鸡蛋篮子的时候，想到了当年裤兜里那黄黄的黏糊糊的鸡蛋液。

这么说来，慢慢的，我从生气变为同情了。

心里酸酸的。

大亮知道这事他有很大责任，专门去看你了，给你拿了两百块钱，还有一篮子鸡蛋。听说你一分钱也没收他的，只是象征性地留下了几个鸡蛋，我觉得你做得挺对的。咱们村里人可不会仗着自己占理，也不管人家是有意还是无意的，吃了点亏就要让人家赔多少多少钱。咱村人可做不出那种事。

不过，以后坐车要是再遇到这种情况，你得记着先保护白己。鸡蛋是鸡的身外之物,更是人的身外之物。

我这么说不是咒你,还不是想让你记住这次教训?

别的事就没有了。祝你早点康复吧。

王千铁,祝贺你家盖了新房子,二层楼。

现在村里建房真不容易,年轻人太少,“帮工的”几乎都是五六十岁的人了。

不过你家这次倒是省事些,现在“帮工的”都是给工钱,不在主家吃饭,你家就不用一日三餐天天招待了。

完工那天你家招待了大伙一次。

上菜的时候,你媳妇给每桌端上一盘熟鸡蛋。这一回,每盘装十个鸡蛋,而不是三十年前的五个,每个鸡蛋只切一刀分成两块,不像当年切两刀分成四块。浇上酱油,点上香油。做法没变。

可是,你也看到了,等大家喝完酒吃完饭的时候,两桌上的鸡蛋都剩下了。你数了数,一块,两块,三块……每桌竟然都剩了一半。

大家都走了,你坐在餐桌旁,盯着剩下的鸡蛋,愣了半天神。

你妈和你媳妇来收拾餐桌。你媳妇想把剩下的鸡蛋倒掉,你拦住了。

你差点把剩下的鸡蛋都吃了,一边吃一边流下了眼泪。

你妈明白是怎回事,你媳妇也明白。

我当然就更明白了。

不过我还是要说你两句。

现在谁家吃饭还把煮鸡蛋当成一道菜呢？特别是这次，你家是感谢大伙帮忙连同庆祝新楼房完工，更应该多做几个硬菜——当然，那一桌菜算是很不错的了，只是煮鸡蛋不应该算数。不是我说你，你还以为现在是三十年前鸡蛋人人抢？你爱吃煮鸡蛋，别人就一定爱吃？天鹅蛋还差不多。

虽然我这么说你，其实我很理解你，比你媳妇还理解你。人家数数是“一二三四五”，你数数是“五四三二一”，这个事我一辈子都忘不了。

我从书上看到过一句话，文绉绉的，但是我觉得说得很对，你也看看人家说得是不是有道理：

有些从前的味道，只能存在于记忆中，再也不会从唇齿间找回，那是专门用来回忆的——或者伤心或者开心的。

你现在啥好吃的都不缺，又有楼房住，我祝你日子越过越开心。

卖好衣服啦

秋天来了,凉风阵阵,我们一群孩子在墙根下晒太阳,“挤悠悠”。

“墙根……挤挤……暖和。”四儿说。

四儿比我大两岁,他全身上下只穿着一条短裤,没有上衣,没有裤子,没有鞋。

我们都不敢使劲挤他,怕他那条扎着一根破布绳的短裤会随时掉下来。

他和我们这些孩子不一样,他是个“傻孩子”,说话都说不清楚,呜呜哇哇的。他有个哥哥,王三儿,差不多和他一样。

他家很穷,应该是我们村里最穷的了。他家可能是因为有这两个呆傻的孩子才这么穷的吧——可是也没听说他爸妈花钱给他或者他哥哥买药打针治病。

冷冷的秋天到了，他还只穿着一条短裤。冬天可怎么过？

所以他很爱和我们一起晒太阳挤悠悠。大家挤在一起，两边的人的衣服就是他的衣服。大家散去，他就只剩一条短裤。

“再挤一会儿，再挤一会儿……”四儿说。

可是我们冷了，想回家。

四儿没能熬过那个冬天，没能熬到十岁。不知道是因为病的，还是因为冻的，还是因为穷的。

听大人们说，他“最后”终于穿上了棉衣——东家的棉，西家的布，他妈妈的针线，针针线线缝着流不出的眼泪。

冬天，我们就算穿上棉袄棉裤，也还是感觉冷，因为我们都没有秋衣秋裤，只能在里面套上一件褂子和一条裤子。可是外衣当内衣穿，根本就不贴身，冷风会从腰间和裤脚钻进来，一点也不保暖。

上初中时，我们骑自行车上学。自行车蹬起来，寒风呼呼地见缝插针，我们就把腰间棉袄和棉裤脚用布条扎起来——虽然形象实在寒碜而滑稽，可挡风却很有效。等到了学校，再把布条解开。

有一天早晨，我们骑车刚到山咀，二鼻涕突然停了车。原来，他扎左棉裤脚的布条不知道什么时候松开，掉了，没影了。

右裤脚倒是还扎得紧紧的。

“你这是左腿过冬天，右腿过春天。”大家嘲笑二鼻涕。

后半段路，“二鼻涕”不应该再叫二鼻涕，因为他只有左鼻孔流鼻涕，右鼻孔没流。

我是在十四周岁零五个月大的时候，穿上人生中的第一条秋裤的。那年春节前，奶奶带我去辽宁锦州看她的哥哥，我管叫舅爷爷。那是我第一次出远门，妈到供销社给我买了一条秋裤，蓝黑色的。我和奶奶在舅爷爷家过了一个春节。东北很冷，但是那个春节，我过得很暖和。

上小学时，王千铁不爱棉裤里套单裤，他说套上的话身体挨不着棉花，会觉得更冷。

可是直接贴身穿棉袄棉裤，又会带来另外的麻烦。

一天上午的课堂上，郑小娟发现同桌王千铁坐立不安，不时抖抖肩膀，还像牛马在树干上蹭痒痒一样蹭背后的桌子。郑小娟拿铅笔捅了王千铁好几下提醒他老实上课。

中午放学，王千铁匆匆忙忙跑回了家。原来，他的棉衣里有虱子，咬得他后背和牙根都直痒痒。他要赶紧回家脱下棉衣捉虱子。

我们每个人一个冬天只有一件棉袄一件棉裤，如果一直贴身穿而没有内衣裤换穿换洗，棉衣里肯定会“招虱子”。

连虱子都欺负我们村里人。

夏天，二鼻涕经常穿着一个肥肥大大的“短裤”上学，不用问，这个肥大短裤是他哥哥穿过的。

一天放学时，大家发现二鼻涕走路的姿势总是有点怪异：不像平时那样把书包挎在肩膀一侧，而是有意用书包遮挡着左半边屁股；也不像别的孩子，走一步，书包就有节奏地“吧嗒”撞一下屁股，他是用左手捂着书包，一直紧贴在屁股上。

等到了家门口，二鼻涕才松开手。这时大伙发现，二鼻涕短裤的左屁股那，隐隐约约露肉了。

二鼻涕知道秘密被发现，脸和露出的屁股一样红起来。

第二天上学时，他的短裤露肉的地方已经被他妈妈补上了新补丁。

花花尝手脚不干净，就连别人的衣服，她也要打主意。

一天下午，张开犁扛着锄头去北沟的大豆地里耪地。傍晚的时候，干完活返回来。

花花尝在院门口看到张开犁扛着锄头走过，脑瓜转了转，眼珠也转了转，突然一拍大腿……

她转回屋，压低声音对二帽子说：

“好事来了！张开犁中午去北沟耪地的时候穿着黄褂子呢，可他刚才回来时就穿了个背心。没错，我记得清清楚楚。他肯定是把褂子忘在地里了。要不，一会儿天黑了，你去地里把他的褂子拿回来……”

“就出幺蛾子。你也不想想，就算我去拿回来，我能穿得出去吗？张开犁能认不出来？全村人谁不知道那件黄褂子是张开犁的？”

“唉，也是啊。我这还不是想给你多弄件衣裳。可惜了，这么好的机会……”

花花尝一宿没睡好，那件黄褂子一直在眼前晃。没把别人的东西拿到自己家里来，就好像是她损失了自家东西一样。

有一年，春播之后的农闲时，村里来了一个骑着三轮车“卖好衣服啦”的人。“卖好衣服啦！卖好衣服啦！县城里的好衣服——”很快，他的三轮车旁围了不少妇女和小孩。

村里出了名“会过”的王老太太，拿起一件衣服问问价，嫌贵；再拿起一件问问价，还嫌贵。最后有点恼羞成怒，以地主自居，审查犯人一般讯问人家——

“你到我们村卖衣服，你是打哪来的？”

“过了鹰手营子就是我们村。”

“你这衣服从哪进的货？”

“县城百货大楼的，我儿子在那上班，拿货抵工资。”

“这么贵，都是啥料子？”

“的确良的，尼龙的……都有。”

“你媳妇也穿你这衣服？”

“穿着呢，好看着呢。”

“就你这还叫‘卖好衣服啦’。你快走吧，我们村没人买。”

那个人都快哭了。

最后，王老太太不但没买一件衣服，还硬是把人家赶走了。

王老太太得意地跟大家说：“就那衣服，还想蒙我？三两句就知道你的底。”

其实，大家也都知道王老太太的底：她是不会掏钱买现成的衣服的。她家里人的衣服，都是在供销社或者代销店买布做的。

舍不得花钱，归根结底还是没钱。

不但王老太太没钱，大多数村民也都没钱。“卖好衣服”的人即使不被赶走，想在我们村里卖出一件，也并不容易。

被我们村里人赶走的，还有一位算命先生。

这天，一位摇着扇子的算命先生来到了村里。大家都好奇地围着他，七嘴八舌地议论，但是没有人真的上前请他算命。

村民于前进的媳妇桂枝领着十岁的女儿小琴在人群中看热闹。

村民张树早的媳妇秀香领着九岁的女儿小兰也在人群中看热闹。

于前进家并不比别人家富裕，他媳妇桂枝穿得也并不比别的女人花哨，他们的女儿小琴长得也并不比别的女孩好看……可是，算命先生从人群里看到了小琴，他指着小琴说：

“这孩子将来有衣服穿。”

大家表现出疑惑的神情。

“真看不出小琴有那么好命。”

“比我闺女命还好？也没我闺女俊啊……”

“桂枝啊，将来你肯定也跟着享福。”

大伙怀疑的表情，还有和着种种心理的议论，桂枝都看到听到了。可是她不管这些——她笑得合不拢嘴，赶紧把小琴往前推了两步：“先生说你将来不缺衣服穿，快谢谢先生。”按着小琴的头糊里糊涂地给算命先生鞠了个躬。

“先生，那你看看我闺女将来有没有衣服穿？”秀香也把小兰往算命先生跟前推了推。

总有人会不失时机地做出一些不识时机的举动。

“这孩子，将来有衣服是有衣服穿，可是穿的不是自己的衣服。”算命先生打量了小兰一番，然后似乎意味深长地说。

“你这是啥意思？我闺女没有自己的衣服？穿别人的衣服？”秀香急了。

“人的命，天注定。”算命先生说。

秀香又羞又气，满脸通红。气氛特别尴尬。

“我闺女穿别人的衣服？你可别胡说了。赶紧走吧，别在我们村胡说八道了。”秀香上前两步指着算命先生说。

“信则有，不信则无。”算命先生似乎是想缓解尴尬。

秀香对算命先生不依不饶：“凭我家小兰，长得又不差，咋会只能穿别人的衣服？你这是信口开河，胡说八道！赶紧走，别在我们村骗人了，要骗到别处骗去。赶紧走。”

大伙陆续散去，算命先生摇着头和扇子离开了。

秀香和桂枝三个月没说话。

我们村子里，除了过年，平时穿得最好的当然就是新媳妇了。

新媳妇有新衣服，是因为新衣服才让她成了新媳妇，或者说，没有新衣服，她就不会去当新媳妇——男人要娶媳妇，必须给新媳妇买至少三身新衣服。

新媳妇间也会互相攀比，先比新衣服的数量，再比质量。

只有那个新婚的男人心里清楚，媳妇新衣服越多越光鲜，自己的父母穿得就越寒酸。这是作为父母养儿子的代价。

大花跟李老三结婚，比彩霞跟王三发结婚早两个月。

彩霞结婚后，大花就偷偷关注起她的新衣服。

“今天彩霞又换了一件上衣。”大花跟李老三说。

“又不是没给你买。”李老三不想听，更不爱听。

不久后，大花又有了新发现：“今天彩霞又换了一件上衣，已经是第四件了。没准人家还有第五件呢。哼，你家才给我买三身衣服，嫁给你家真是亏死了。”

“她还有八件呢……那不也是王三发爹妈借钱买的衣服？王三发彩霞不也得挣钱跟着还账？”

“那能一样？再欠账，人家彩霞敢当着大伙的面说婆家给买了四身五身衣服，我敢说吗？我这辈子也只能说是三身。哼，嫁给你家真是亏死了。”

李老三不说话了。

不过，半年之后，大花对李老三的态度变得好多了，在彩霞燕子二娟一群媳妇面前说话时，声调也高了起来。

原来，在李老三的支持下，他们家买了一台缝纫机。

缝纫机对一个家庭妇女来说，可是个宝贝东西。

比如二鼻涕他妈给二鼻涕缝短裤屁股上的补丁，手工缝要十分钟，用缝纫机缝的话，用不了两分钟，而且针脚密实，均匀整齐。

大花买了缝纫机，带动着下沟代销店里布料的销量也增加了。

大花家的缝纫机是村里的第二台，有一段时间，这台缝纫机，包括大花本人，都成了村里的香饽饽。

三十年以后。

二鼻涕在镇上念初中的闺女小梅放暑假了，回家来，穿了一条“破破烂烂”的牛仔裤。

“丢死人了，破成那样还穿，至于吗？还露腿露肉的……给你的钱都干啥了？”她妈训斥她。

“妈，这你就不懂了，这是破洞牛仔裤，专门这样设计的。在学校不让穿，这回放暑假，我终于可以在家穿了。”

“还没你爸小时候穿得好。丢死人了！”

“哈哈，这叫个性，时尚。”

第二天一早，小梅的房间里却传出了哭声。二鼻涕和媳妇进去一看，忍不住笑了。

都说祖孙隔辈亲，真是没错。夜里，二鼻涕他妈趁着孙女睡着，偷偷地把那条“丢死个人”的“破”裤子拿出来，像当年给二鼻涕缝短裤一样，一针一线，无声无息、无怨无悔地，把牛仔裤上的破洞全都补上了补丁。

“我一条好好的破洞牛仔裤，你竟然给补上补丁，我还怎么穿了？”小梅哭着说。

“那还叫好好的，那还叫好好的……好赖都分不清。”奶奶摇着头说。

都是补补丁，三十年前给儿子补，三十年后给孙女补，这效果咋就不一样呢?

二鼻涕他妈实在不知道自己哪做错了。

算命先生说得倒不错:小琴确实有衣服穿,几乎每天都要换一身。

小琴初中毕业后,去市里一家商场帮人看摊卖衣服。结婚后,她和老公也做起了服装生意,不过不是在市里租摊位,他俩还没有那么多钱,也不是像"卖好衣服啦"那个人那样走乡串村,而是专门到附近各个乡镇轮流赶集。

"卖好衣服啦! 卖好衣服啦!"小琴卖衣服从不吆喝,这么吆喝的,是她的妈妈,给她帮忙看摊的桂枝。

小兰的妈妈秀香,对于自己当年把算命先生赶走的事十分愧疚。

小兰一直在市里一家制药厂上班。每天一到厂里,进车间前,小兰都要脱下自己的外衣,换上统一的工作服。

小兰家里的条件还可以,经常回来看她妈,每次回来还都给她妈买一件衣服。

"小兰确实是有衣服穿,穿的也确实不是自己的衣服。人家算命先生说得对啊。我咋就不问青红皂白把人家赶走了呢。"秀香经常跟桂枝说起。

她甚至想当面给算命先生道个歉,可是她永远没有这个机会了,桂枝说,算命先生早就去世了。

二帽子的羽绒服和张开犁的一模一样。

张开犁经常到市里卖水果，为了保暖，特意买了一件加厚的羽绒服。

二帽子和花花尝曾经在市里帮儿子卖了几年菜，这几年觉得老了，不想干了，就又回到村子里住。

花花尝看到张开犁的羽绒服，觉得不错，就跟张开犁打听在哪买的，让儿子也给买回了一件。

张开犁原来的那件黄褂子，早就被扔到村里的一个垃圾点了。花花尝路过的时候，看都没看一眼。

村里的保洁员万祥可以作证。

大花早就不再是村里的香饽饽了。

大花买了村里的第二台缝纫机后，几年时间里，大部分人家都买了缝纫机。

她在大家面前说话重新“低调”下来，并且，她又开始纠结起彩霞结婚时四身五身衣服自己结婚时三身衣服的事来。

直到她自己做了婆婆。

现在，家家又都没有缝纫机了——即使没有被当作废品卖掉，也早就被请出了屋子，扔到院里仓房的某个角落。

连好好的牛仔裤都要故意剪出几个破洞的年代，缝纫机早就没有用武之地了。

代销店的故事

我们村唯一的商店——村代销店，“开门”并没有“柴米油盐酱醋茶”七件事，只有“油盐酱醋”四件。柴在山上，米在地里，至于茶，村里人没有喝茶的习惯，来了客人，最多就是倒杯白开水。

但这并不影响代销店成为我们全村，包括上沟下沟，最热闹的地方。

不管买不买东西，不管兜里装着两块钱还是八分钱还是根本就没有钱，村里任何人都有资格，也大都有这个喜好，来店里看一看闻一闻摸一摸，并且对新进的货品评论一番。

“这个新花布比上次的好看，还滑溜，早知道上回就不买了，等这回的。”下沟王福近的媳妇晓秋说。

“这个新牌子的烟肯定没我捡到的那盒好抽，我捡的那盒还是带过滤嘴的呢。”李二土是专门来看烟的，只是看看，闻闻，从来不买。

“这回的酒还是跟上回的一个味，也不换换。”下沟的老徐头掀开酒缸盖子闻了闻说。

二明总是写错别字，比如苹果写成平果，小鸟写成小乌……她妈经常训斥他：“天天糊里糊涂丢三落四的，将来算账收钱也这样，还不亏死！一杯酒的酒倒是写对了，你咋不把酒写成洒呢。该写对的写不对，不该对的倒对了……”

二明学习成绩不好，可是他总有糖吃，而我们大家都很少很少有。

将来他还可能很有钱，他妈不是都已经说了嘛。

因为代销店掌柜的“六爷子”是二明的爷爷。

每天中午，二明到代销店里去吃饭。吃完去学校时，嘴里经常含着一块糖。

我们在中午，甚至在课间，都爱往代销店跑。代销店里除了有本子铅笔橡皮小刀外，还有糖。糖只有一种，就是很甜很甜很甜的那种，散装的，没有包装纸，放在一个透明塑料盒里，仿佛是专门为了方便诱惑小孩子的。糖一分钱一块，我们没有钱买，但是可以看个够，甚至可以把脑袋伸进柜台凑近盒子闻闻糖的甜味。

有一回课间，二鼻涕我们几个又去看糖。二鼻涕有一分钱，说要买一块。六爷子用镊子夹起一块，二鼻涕想直接放进嘴里，到嘴边又停住了，没舍得，放在了手心——一路上，看一看，舔一舔，舔一舔，看一看，回到了学校。

刚进教室，上课铃声响了，手心里的糖还有大半块，赶忙放进嘴里。

王欣欣看到了，提醒他："姜老师说过，上课不许吃东西。"

二鼻涕心里一急，嘴上一慌，把大半块糖直接咽了。

姜老师来上课了，几分钟后，突然听到二鼻涕"哇"的一声哭了。

姜老师问怎么了，二鼻涕说："那块糖，我才舔了几下，就都咽了，白买了。"

囫囵吞糖，二鼻涕肯定"心里不是滋味"。

从这以后，我们大家都长了教训：就算有钱买糖，就算再着急想吃，也不会在课间去买，要等到中午或者晚上放学后再去买。

有一天中午吃完饭，二明又跟他爷爷要糖。六爷子没同意，说你昨天才吃了一块。"不给我糖我就不去上学。"六爷子还是不给。"我不上学了，我也要在店里卖货。"二明哭喊着。

"什么时候不写错别字什么时候给你糖吃。"他妈气得打了他一巴掌。眼看着上课时间快到了，二明这才收起眼泪，往学校跑。

代销店里还有两种好吃的，但是我们不可能有那么多钱买：点心和水果罐头。这两种美味，通常都是到别人家看望病人，或者给老人祝寿时才会买的。如果哪个孩子说自己今天吃了一块点心或者一块罐头，对于这家大人来说未必就是好事。

代销店里还有一种比较特殊的商品，我们叫“包装纸”。

平时，我们学生娃会经常花五分钱买一张白纸，回家裁剪成32开订成作业本，这样要比买现成的本子省三分钱。白纸卖得多，六爷子就把白纸放在柜台上，把“包装纸”堆在角落里。

这种麻黄颜色、质地粗糙的纸，其实就是印纸钱的纸。

如果有人来买包装纸，就说明村里发生了大事：有人去世了。来人会同时买一瓶墨水，再到李万财家借一个他自制的印纸钱的橡皮印章，在自己家里就可以印制纸钱。

如果有人家不幸来买包装纸，六爷子就赶紧数一下店里还剩下多少张。按照经验估算，如果不够，就打发儿子高老大——也就是二明他爸——赶紧到五里地外的供销社去进货。因为，几个小时以后，村里很多人家，包括事主外村的亲戚，都会陆续来买包装纸，送到事主家里。

这个时候，包装纸，也就是“假钱”，会从代销店转移到事主家中；真钱，从很多人兜里转移到六爷子兜里。

当然，作为老街坊老邻居，甚至是亲戚，六爷子家有时也免不了要去随礼。这件事一般由家中女主人二明的妈妈出面。别人家的女人，不管关系远近，也不管有没有眼泪，按照“礼数”都会在棺材前“哭”几声，直到逝者家属恰到好处地上前安抚和搀扶才会借机停止。二明的妈妈“哭”了几声就实在“哭”不出来了，不等人家来扶，自己就会主动收工。

挣到钱，往往能减轻很多痛苦。

村里很多人都对二明妈有意见，其中原因，都是“一点一滴”累积起来的。

老徐头经常来打酒，每次都是一小提斗：二两。

酒是散酒，装在酒缸里。六爷子拿起铁皮提斗，没入酒缸，荡开涟漪，气泡泛起。

不早不晚，六爷子手中的提斗正要上提的时候，二明妈有意无意急急慌慌地来上一句：

“爸，锅里的水开啦！”

或者——“爸，赶紧过来搭把手！”

再或者——“爸，快来吃饭啦！”

……

下意识地，六爷子一边应着“来了来了”，提斗一边加速提出酒缸，气泡满满的二两酒倒进老徐头的酒壶里。

老徐头何许人也？一个喝了一辈子酒买了一辈子酒的人，当然明白这里边的名堂，明白一个女人的心眼。

有人来买油。六爷子手中那装了半斤油的大铁皮提斗刚刚从油缸里提出来，正要往人家油瓶里倒的时候，二明妈在六爷子旁边，会突然大声说一句话。

“爸，你把剪刀放哪了？”

或者——“爸，棒子地是不是该耪了？”

再或者——“爸，盐是不是该进货了？”

……

要不就弄点动静。

总之，六爷子要么被问得心里一惊，要么被这突然的声音吓一大跳。

于是，正提着提斗的手一定会停一停，大多时候会惊得抖一抖。

提斗这一停或一抖，总有几滴油，滴回油缸。

“快打酒慢打油，卖的就是比买的精。”老徐头跟大伙说。

要不二明妈怎么宁愿二明把“酒”字少写一横错写成“洒”字呢。

村里人也有对不住二明妈和六爷子的时候。

一天，我们上沟的丽艳和妯娌二丫一起，到代销店买了四块钱的东西，丽艳跟二明妈说暂时手头紧，先赊着，十天半个月就还。二明妈同意了。

几天后的一个傍晚，二明妈正在店里吃晚饭，丽艳匆匆来了，火急火燎的样子。她手里攥着一沓毛票，一下子塞到二明妈手里：“嫂子，还你那四块钱。你数数对不对，我数过的了。”二明妈拿过钱，开始数，丽艳满脸焦急地说：“嫂子，你快点数，我这着急有事。二丫在门口等着我呢。”这时，只听大门口外果然传来了二丫的喊声：“丽艳，你倒是快点啊，等你半天了。”丽艳一边扭头冲外面喊“来了来了”，一边对二明妈说：“嫂子，你慢慢数啊，四块钱。我数过的了，我得赶紧走了啊。”说完，冲着门外喊一声“催啥催，来了来了”，急急忙忙出了店门。

二明妈拿着那些毛票数了一遍，“奇怪，是三块八毛钱，不是四块。”又数了一遍，还是三块八。二明妈拿着钱赶紧追出去，丽艳和二丫早就不见了踪影。

二明妈似乎明白了是怎么回事。

反正，那天以后的好多天，丽艳都没来代销店买东西。二丫也没来。

代销店里又进了新花色的布料，一共有三种。下午，晓秋比较着犹豫了半天，最后，还是买了花样最艳丽的那种。

不料，当天晚上，晓秋拿着布料又来店里了，后面跟着黑着脸的王福近。原来，王福近晚上从地里干活回来，看到那块布，觉得太花哨了，非要让晓秋退了换成其他颜色的。六爷子不太情愿地给换了。

“听说六爷子的爷爷当年就是地主，过惯了资产阶级生活方式。花花绿绿的，看着坏眼睛。”王福近对晓秋说。

三四年之后的一天，“代销店”的牌子被摘下，六爷子说，国家要“改革”了，以后代销店就不叫代销店了，叫商店或者小卖部都行，以后就由他家“自负盈亏”。

又过了两年，六爷子去世了，高老大平时种地、卖苹果，二明妈负责经营小卖部。二明初中毕业后没考上高中，开始在店里帮忙。

二明写字经常写错，可是算账从来又快又准。

三十年以后。

我回村子，来到小超市买东西。

小超市就是二明开的，也可以说，是二明继承下来的。只不过地点早就搬离了下沟村委会大院回到了我们上沟——他在家中二层楼的左侧临街处，又盖了两大间平房，其中的一间专门用来开超市。

二明的爸妈都已经去世了。

二明没在家，一个十三四岁的女孩正坐在收银台里看书。我一问，果然是二明的女儿，在镇上初中念初二。

我对女孩说，我是你爸爸的老同学，从小学一年级一起上到初三。

女孩显得很惊讶，又有些开心，冲我眨了眨眼睛，调皮地问我："叔，你快告诉我，跟我说实话，我爸上学的时候，学习好不好？"

"你怎么问这个问题，是不是你爸爸对你的学习抓得很严？"

"差不多吧。我猜我爸小时候学习肯定不好，要不然为啥现在天天逼着我学习呢？放个假也不让我出去玩。叔，你快告诉我，我爸是不是真的学习不好？"

我指了指柜台上的一个本子，笑着说："你看看这个本子，就知道你爸学习咋样了。"

女孩疑惑地看了看我，然后低头仔细看本子，突然夸张地笑起来："妈呀，这俩字应该是'账本'，我爸咋给写成了'帐本'。看来我爸小时候学习真不咋样啊。哈哈，真不咋样，还写错别字呢……"

买完东西准备走的时候，我特意叮嘱女孩："可不要骄傲啊，要继续好好学习。"

"叔，你说话咋跟我爸一样呢，又是让我好好学习。"女孩嘀咕着。

孩子，你是要好好学习。你的爸爸还有机会继承祖辈父辈的营生，在村里开这样一个小店；可是，等到十年八年后，我们村子里的人口，恐怕已经少得支撑不起这样一个小店的营生了。

实际上，二明的小超市，现在来看，也确实很小。

店里主要是一些必备的家庭日常生活用品，还有就是烟酒、饮料、调料、袋装小零食，没有新鲜食品如蔬菜、肉类、鱼类等，也没有熟食。

好在村里人的生活范围和购物渠道，早已经远远超出村子和这个小超市。

就在二明家大道对面，是国成家。国成和媳妇已经卖了五六年蔬菜。他俩每天开着小货车，拉着蔬菜到周围十里八村的集市上去赶集。平时，国成家里会有量少但品种齐全的新鲜蔬菜出售，由他爸妈照看着。

以前，村民们只吃自家种的蔬菜，不会买菜（其实如果不是专门到镇上或者市里，农村也根本没有卖菜的）。现在，大家也都舍得买各种各样来自天南地北的蔬菜了,比如,二鼻涕就特别爱吃清炒苦瓜。大家都说,是因为他小时候吃酸甜的苹果吃多了。

每天,都会有人开着小货车,到村里卖米面甚至馒头大饼之类的主食,隔三差五还有专门来卖肉的。

现在,家家户户都用上了煤气罐,隔几天就有人来卖煤气。上冬之前,每天来村里卖煤的有好几拨人,好几辆车。

村民们另外一个最重要的交易场所就是集市了。我们乡(现在早就撤乡并镇又并区了)每逢阴历的二、七赶集,地点就在原来乡供销社东边不远处的一片开阔地上。

所谓"二七集",就是每月的阴历初二、初七、十二、十七、二十二、二十七都是集,我们周围的另外几个村镇则是"一六集""三八集""四九集",这样,像卖菜的国成夫妻俩,还有卖衣服的小琴夫妻俩,每天都会赶到不同的村镇,追着集做生意。

在我们村里买不到的东西,在集上基本都能买到,比如活鱼鲜虾、炸鸡烤鸭,还有衣服鞋子、床单被罩等等。

毕竟,乡下人对生活的要求,总不会像城里人那么高。

村民们家中物质最丰富也最开心的时候,就是一年中在外生活工作的孩子们回来的那几天。从我们"七零后"这一代人开始,几十年里,村子里的很多人,因为上学、工作、婚姻,陆续开始走出村子,最终落脚在远远近近的城市。大部分人都在我们的县里市里,也有在北京的,天津的,石家庄的,杭州的,青岛的,深圳的,甚至有去国外的。

每次谁家有在外的孩子回来，那汽车后备箱里，行李箱里，装的都是好吃好穿好用的东西。

这些，都是二明的小超市里没有的。

二明心里很清楚。也许正因为如此，他才总是叮嘱闺女要好好学习。

从小超市里出来时，我看到了丽艳，还有二丫。她们都五十多岁了。

丽艳进小超市买东西，二丫在门口一边跟别人打着招呼，一边冲屋里喊："丽艳你快点，我这还有事呢。"

"来了来了！"丽艳对收银台里的女孩说，"四十九块八？给你五十，两毛钱就不用找了。"

房子冷暖

爸妈在村南挨着王家、孟家，盖起了新房子，我们从奶奶家分家，“单过”。

青灰瓦，红砖墙，三合板木门，蓝漆门框，玻璃窗，水泥窗台……新房子总是村里最好的房子，更何况，爸妈还为建房借了不少钱。

新房子还差最后一个工序就要完工的时候，“帮工的”，专门来欣赏新房子的，左邻右舍，大人小孩……争论起来。

房子正面房檐的左上角和右上角，各留出大概五十厘米见方的一块空白处，爸妈想在这两处各写上一个字。

大伙为写哪两个字七嘴八舌地发表意见。

四儿他爸提议写上：不冷。

万祥提议写上:结实。

王大乐呵提议写上:不漏。

村里的光棍宝贵提议写上:亮堂。

高稳柱媳妇二娟提议写上:通风。

李不倒提议写上:够住。

张开犁提议写上:有钱。

……

每个人提出意见的时候,其他大部分人未必认可,但是反对归反对,没有一个人会笑话这个意见。

就在去年冬天,不到十岁的四儿死了。

我去过他家两次。冬天,他家里实在太冷了。外屋的木门根本就关不严,关上后,风还是从缝隙里呼呼钻进来,把门吹刮得吱吱呀呀响。里屋倒是还有一道门,可是里屋的窗子,挡风保暖功能比外面的门强不了多少:窗户上没有玻璃,有的安着硬纸壳,有的钉着塑料布,有的干脆直接钉上木板……阳光进不来,风却照样从缝隙往屋里钻,针眼大的窟窿斗大的风,难怪屋里冷。

比较有效的挡窗户风的办法,就是再沿着窗户框的缝隙,用糨浆糊糊上一层纸;外面的木门缝,塞上破布条旧衣服。很多人家都是这么处理的。

可是,四儿家没有这些条件:他家连穿在身上的衣服都不够,哪有多余的衣服堵门缝。更没有钱去买窗户纸。就算有了窗户纸,他家也没有糨糊,因为,糨糊都是用面粉熬成的,用玉米、高粱米熬的糊糊没有面粉糊糊黏,粘不牢——而他家又根本没有面粉。

他家抵御寒冷的唯一热源,就是用灶火烧炕。可是,每天晚上六七点钟做饭烧炕,到了半夜,炕已经凉了下来。整个后半夜,一直到早晨起来做早饭,这最寒冷的几个小时,他们一家无法阻挡,无法躲避,无法抗拒。

其实村里其他人家,也都是靠烧炕取暖。只不过,钻进别人家里的风,比钻进四儿家里的风,小一些,少一些,慢一些。

四儿他爸提议说写上"不冷"的时候,大家都沉默了。有的人想到了死去的四儿,更多人想到了自己家。

"过了冬天就好了。又不是一年十二个月都过冬,春天又不是不来。"不知道是谁这么说。

气氛轻松缓和起来,没有人明确说反对"不冷",但也没有人表示同意。大家跳过这俩字,重新议论起来。

万祥说想写上"结实",大家也都知道为什么。

去年开春,万祥家建新房。他家新申请的宅基地在村北,靠近大道边。

地基都打完了,墙也垒起了一半高。可是,有"帮工的"提出,建房的过程中,北侧的地基可能不稳定,不是在下沉,就是在倾斜。

大家暂停施工,过了几天,拿着水平尺、铅垂线等工具仔细测量一番,然后,又根据房屋地基处于河道边的事实,最后认定:这个地方土质松,水位高,容易发生"翻浆",不适宜建房子。

万祥的老母亲急哭了。

万祥也急得牙疼了好几天。本来就没钱，好不容易攒钱买了红砖、椽子；四五年里，从山上运回几十小推车打地基的石头；自己一个人花二十多天平整宅基地地面，然后兴师动众请大家来帮忙……现在却要半途而废。万祥压力更大，一个大男人，自己也掉了两三回眼泪。

没有办法，万祥重新申请了宅基地，地点在村南铁路线的半坡下。村民们同情万祥的不幸遭遇，无偿出工出力，连饭都不在他家吃，帮他把盖了一半的房子拆掉，基石挖出来，石、砖、木全都运到新房址，重新把房子盖起来。

万祥和老母亲一起，挨家挨户道谢。

万祥家的新房子没写字，如果当初也写的话，他一定会写上“结实”。

改革开放的春风刚刚吹到我们村的时候，瓦房还属于新鲜和高档事物。

王大乐呵家的房子和绝大多数村民家的房子一样，还是草房。

说王大乐呵懒吧，倒也不懒，他爸让他干啥他就干啥，也不惜力。只不过他眼里“没活计”，更干不了“有技术含量”的活，换句话说就是“四肢发达，头脑简单”。所以，就算他家里那间房子有点漏雨，他也不会主动去修一修。

“草房三年就要换一回草。要不然草越来越干，越来越少，房顶的泥都露出来了，雨水浇几回，时间长了能不漏吗？”他爸说。

父子俩一起给房子换新草。王大乐呵上房顶具体施工，他爸在地面上负责技术指导。

“你自己记着点怎么修。要不，你就挣钱换成瓦房。”他爸说。

王大乐呵没把握自己能在三年时间里把草房换成瓦房，于是只好祈祷房子“不漏”。

宝贵提议写上“亮堂”的时候，大家心里都沉沉的。

宝贵是个光棍，快五十岁了，跟弟弟宝福一家住在一起。宝福和媳妇淑英住东屋，宝贵和两个侄子住西屋。

一天，宝福夫妻俩——当然是由淑英出面——把宝贵招呼到了东屋。

宝福坐在炕沿上光抽烟不说话，淑英看了看宝福，又看了看宝贵，开口说：“大哥呀，有个事呢，想来想去，还是得跟你说一声。你看你大侄也不小了，该找对象了。过几天，下沟的媒人给介绍一个姑娘来，到咱家看看。我是担心，人家一看，你们爷仨都住在西屋，人家姑娘心里会有疙瘩，以后也不愿意到咱家来。我想呢，先让老二住到我们这屋来，大哥你就委屈委屈，搬到院子的仓房里住几天……”

宝贵心里明白了。

亲兄弟，本该也是要分家的。一处院落，三间房子，是另立门户的前提和标志。而自己，这辈子没有这个命，没有这个能力，不能怪别人。

该来的总要来。如今，自己是该给这三间房子未来真正的主人——兄弟的儿子，自己的侄子——腾地方了。

“嗯，那我就准备准备。”宝贵说。

“我这就去给你收拾收拾，嗯，打扫打扫……”淑英说。

两天以后，宝贵把自己的铺盖卷搬到了仓房里。

仓房倒还干净，只是只有门，没有窗子。白天，关上门，里面伸手不见五指；打开门，想找到床头的火柴还得摸索半天。

“白天，我一分钟都不想在里面待着。晚上什么时候睡觉什么时候才进去。”宝贵说，“过些天我得在墙上开个窗子，亮堂亮堂，要不然我得憋闷死。”

大家都表示愿意去帮宝贵“开窗子”，可是并不认可他提出的在我家房子上写“亮堂”两个字。

二娟提议写上“通风”俩字，这让高稳柱觉得很没面子。

原来，前两年，高稳柱和二娟结婚后，二娟烧火做饭时，灶里经常会“倒烟”——可能因为新房炕洞里的烟道设计得不合理，烟没法顺畅排出。于是，别人家都是房顶的烟囱冒烟，她家是烟囱也冒烟，屋里灶口也冒烟，经常熏得她——加上气得——一把鼻涕一把泪。

“你要是不改烟道我就不给你做饭。”二娟心里跟烟道一样气不顺。

几次合理抗议之后，高稳柱不得不把炕拆了，找大伙帮忙重新设计了烟道，烧起火来，总算不倒烟了。

“男主外女主内。”二娟对我妈说，“女人天天围着锅台转，这烟道要是通风不好,倒霉的是一天三顿烧火做饭的女人。”

我妈当然同意二娟的观点。不过,在高稳柱的坚决反对下,“通风”这俩字没能通过。

李不倒提议的两个字是“够住”。其实,就算李不倒不说出来,大家对他的心思也能猜个八九不离十。

李不倒已经有了五个孩子,全是儿子。大儿子过继给了他弟弟,还剩——嗯,还剩五个孩子,因为他的第六个孩子再过俩月就要出生了。

他家刚刚新盖了三间房子。二儿子的房子解决了,还有老三老四老五排队等待解决——老六还不知道是儿是女。不过不管是儿是女,总不能一直住在他媳妇肚子里,早晚要住在他家房子里。

在一个兄弟众多的家庭,盖房子简直是比娶媳妇还重要的事。有了属于自己的房子,或者至少让姑娘感受到能盖起房子的希望,是人家愿意嫁过来的前提。

李不倒从娶了媳妇开始,一直都在为房子奋斗,其实,干脆也可以说,一直都在为了儿子能娶上媳妇奋斗。

别的村民上山下地,一般会带个镰刀锄头,李不倒上山下地,从来都推着小推车。他从不空着车回来,车上没有粮食水果蔬菜秸秆,也要推回一块大石头——为了将来给儿子盖房子用。

“现在不是已经新盖了三间嘛。实在不行,就先给老二和老三每人分一间半,这样还能往后缓一缓。”李不倒跟媳妇商量,“先把媳妇娶到家再说。”

不管谁家新盖了房子，李不倒都要去看一看，跟大伙热烈地讨论评判一番，然后独自站在一旁，默默地想自家的事。

“你要是能再盖两处这样的房子，问题就差不多解决了。”有人指着我家的新房子，对李不倒说。

不过大伙觉得李不倒说的“够住”仍然不太合适。

“你的要求还是有点低。”张开犁不以为然地说。

大家还是一致认可张开犁建议的两个字：有钱。

“有钱啥都有。再过两年，我也要盖个大瓦房。”张开犁说。

张开犁结婚刚一年多，跟父母、一个未婚的哥哥住在老院子的三间房子里。不过张开犁虽然年纪轻，脑瓜却成熟活络，天天想着怎么把山上的、地里的、树上的东西，变成钱。

他媳妇就是看上了他的“潜力”，相信他“三四年就能盖上三间大瓦房”，才不顾父母的反对嫁给他的。

不过，我爸妈最后还是没选择张开犁的提议。爸妈最终一致认定的两个字是——幸福。

三十年以后。

村子里，凡是住着人的房子，都装修得很漂亮，很暖和。

最近十年间，村里大概有七成人家翻建了房子，户型和功能都升级了,是“农村与城市生活特点的结合”。比如,在一间卧室里还保留着火炕,其他卧室就都安置了床;厨房里,相应地保留着传统的柴火灶台,同时也安上了煤气灶。

现在的房子,比以前可保暖多了。

高稳柱家翻盖新房的时候,墙里增加了两层保温板;建好后,外墙又增加了一层保温层。门、窗都是双层玻璃。在房子“前脸”还另加盖上了玻璃暖房。

当然,即使保温措施做得没有这么好,屋子里也不会冷了——家家户户都安装了自制暖气。

“又暖和又亮堂。四儿,他爸,还有可怜的宝贵、王大乐呵,这辈子没有这个福气啊。知足,咱们现在真是知足。”高稳柱说。

二田对自己的生活,又知足,又觉得空落落的。

李不倒的二儿子二田,早就在另一块宅基地上盖起了自己的二层楼。他的三弟三田一家,还住在原来兄弟俩共同居住的那个院子,只不过李不倒给兄弟俩盖的那三间房子,早就被三田拆掉重建,盖了四间新房。

二田有两个儿子。原本,二田盖这两层楼,是想给两个儿子一人留一层,就像当年他爸为他们兄弟考虑房子一样。

可是,老大在市里打工,明确说将来要在市里买房安家,不会回来住了。“人家对象说了,不可能到咱村里生活,不在市里买房就分手。你说能不买吗?”二田逢人谈起儿子的婚事和买房的事,就觉得头疼。

二儿子是大学生,在省城上学,还有一年就毕业了。“他说毕业后就在省城找工作。我看啊，家里这楼房，他一年能回来住上十天就不错了。将来他买房子的事，我也不着急了，着急也没用。咱这一年卖苹果卖枣的收入，买不了几平方米的房子。”

二田和媳妇平时住在一楼。二田很少上二楼，倒是他媳妇，还经常上去转一转，看看俩儿子空荡荡的卧室。

村里很多家庭都和二田家一样，房子是大了，好了，可是住在里面的人少了。就拿二田家来说，现在夫妻俩在村里住着二层楼，可是，再过几年，等两个儿子在外成家，有了自己的孩子，他老两口免不了要去帮忙带孙子孙女。退一步说，就算不需要他俩帮忙带，再过十年二十年，上了岁数，干不了活也走不动了，肯定是要投奔儿子。养儿防老，还不就是为了这一天。

现在，村里有好多家都面临着这样的情况：大房子，好房子，只有两个老人住，甚至一个人住。除了节假日，孩子们回来，家里热闹那么有数的几天，平时，偌大的房子，真的就成了“空巢”。

“再过一二十年，咱们村里，没的没，走的走，恐怕真的剩不了多少户多少人了。”二田经常跟媳妇感叹。

李不倒终究还是有六个儿子。不过，后来，他只给老四老五老六这三兄弟盖了一处三间的房子。

老四到别的村当倒插门女婿了；老五自己住着这三间房子；李不倒跟老六住在老院子里。

“你说咱这当老人的，一辈子图个啥？都是为儿女活着。我现在算是看明白了，儿孙自有儿孙福。咱们还是省省心吧。”

在跟万祥、高稳柱、张开犁这些人说这些话的时候,李不倒已经八十多岁了。

四儿他爸、宝贵、王大乐呵都已经去世了。

我们全家已经离开老房子很多年,并且,应该不会再回去住了。

那“幸福”,依旧在。

下辈子还能不能做邻居了

李家在春天送给了郭家白菜籽，可是，秋天，李家的猪拱了郭家的白菜还差点把菜园踏平。

郭家的猫晚上到高家仓房里抓耗子，可是白天又偷袭抓伤了高家的一只小鸡。

高家帮助张家把装满谷穗的小推车拉上坡推进院，可是后来高家的鸡吃了张家晒在簸箕里的小米，吃饱后还一脚踩翻。

张家送给刘家两根刺槐杆当锄把，可是张家砍回的刺槐压在墙头伸进刘家院子刮坏了刘家晾晒的衣服。

于家的牛竟然还在王家门口撒了一泡尿。

——冲这样，下辈子还能不能做邻居了……

于文武家和王进财家是邻居。这天傍晚，于文武赶着牛回家。就在快到自己家、正路过王进财家大门口的时候，牛停下脚步——可能实在憋不住了——撒起了尿。

牛的一泡尿，逆流也能成河。

等牛撒完尿，于文武狠狠地踹了牛一脚。他是生气又心疼，本来还只有几步远，这泡尿就能撒到自家牛圈里沤肥了，这下白白浪费了。

可是对于王进财家五岁的儿子双全来说，这泡尿可没浪费。

双全吃完晚饭出来玩，跑出院门后没注意脚下，一脚踩在牛尿泥里，一滑，整个人侧身摔倒在了上面——不，里面。

“不哭不哭，将来咱们把那头牛杀了吃肉。”当晚，双全妈一边给双全洗着“牛气烘烘”的褂子裤子，一边牛气哄哄地安慰双全，又恨恨地骂着：“缺德的于文武！挨着他家住真是倒霉。下辈子就算住在小梁前也不跟他家当邻居。”

不过，没过几天，双全妈态度就变了。

这天下午，双全妈正在睡午觉，突然被咯咯哒的母鸡叫声吵醒。

“这个点，咱家鸡也不到下蛋的时候啊。”她跟王进财说。出门一看，只见一只母鸡正从鸡窝里钻出来，跳上院墙，飞到于文武家里去了。她认得，那只母鸡是于文武家的。

双全妈到鸡窝前探头往里一看，高兴坏了，里面竟然有一个鸡蛋。

“于文武家的鸡下的蛋，还是还给人家吧。”王进财说。

“屁！就你思想高尚？前几天咱儿子因为他家的牛尿挨摔，

都没找他算账呢。他家的母鸡肯定都看不下去了，这才到咱家下蛋算是补偿，我凭啥还给他？”

当晚，双全吃到了很久没吃的煮鸡蛋。

“我儿子总算没白摔。”双全妈说，“要是于文武家的母鸡经常到咱家串门，咱就还挨着他家住。”

“那不合适。”王进财说。

“管他呢。咱又没偷没抢！”

这以后，大伙经常能看见双全守在大门口——“妈，牛怎么还不来咱家门口撒尿？”

难得吃一回的煮鸡蛋毕竟很好吃。

花花尝也经常到邻居家“串门”，不过她可没有于文武家的鸡那么受欢迎。

一天，王千铁的妈妈李秀秀到下沟代销店买东西，买完回到家时，发现邻居花花尝竟然出现在自己家院子里，正在棒子垛前探头探脑呢。

“你这是干啥？”李秀秀感觉不对劲，没好气地问。

“没，没干啥……”花花尝脸上有些尴尬，“我就是想看看你家棒子的大小，跟我家的比较比较。还是你家的棒子个大啊，真大！”

李秀秀被说得糊里糊涂：“比较比较？比棒子大小？”

这时，只见花花尝嘿嘿笑了起来，扬了扬手中拿着的棒子：“你看，这是我家的棒子，还带着棒子叶呢。对，我就是比较比较咱两家谁家的棒子大。”

李秀秀这时才注意到花花尝手里的棒子。不过那个棒子还带着皮，而自己家的全都是剥光了的。那个棒子确实是花花尝家的。

“不管大小，吃自己家的心里才踏实。”李秀秀话里有话地说。

“那是，那是。嗯，那你先忙着，我回去了啊。还是你家的棒子大……”花花尝满脸堆笑地走了。

李秀秀跟其他邻居说起这件事的时候，大家都明白是怎么回事。

“要不是你及时回来，她肯定要偷走你家几个棒子。”

“她也来过我家一回。她从家里拿个带皮的棒子，说是要比一下棒子大小，其实就是打马虎眼呢。万一偷棒子被逮着，她好有理由，有台阶下。”

“谁想到二帽子娶了个三只手，咱们在跟前住着的都跟着倒霉。”

“下辈子她非得住小梁前沟里不可。”

这以后，李秀秀外出时，都要锁上大门。

坡儿家和小兰家是邻居，都住在东山的半山坡上。两家院子里都没有井，吃水要走到五六十米长的山坡下，从高稳柱家大门口的井里挑回来。

有一年，坡儿的爸爸于大路跟小兰的爸爸张树早提出，两家能不能合着打一口井，就在两家大门口外，这样就省得天天到山坡下挑水了。“总不能这样挑一辈子水。早打井早享福。”

于大路提出两家合着打井，是经过仔细考虑的。

打井需要一笔钱，这是明摆着的一个原因。

另一个原因，于大路担心，如果自己家在院子里单独打井，万一因为地势高，打不出水，岂不是白花钱了？

这里边的内情奥秘，就只可意会了——

如果于大路家打不出水，那张树早肯定就会想：两家地势一般高，于家打不出水，自己家恐怕也打不出水，干脆就别打了。

也就是说，谁家先打井，相当于为对方趟了路排了地雷——自家承担了全部风险，却为对方规避了风险。

"打出水还好。要是打不出来，咱家花了钱，人家省了钱，还会看咱家笑话。这么傻的事，咱可别当冤大头。"于大路媳妇跟他说。

在这件事上，于大路跟他媳妇想法一致。

院墙那边的一家也不傻。

"于家人口多，用水多，挑不起了，才想着打井。咱家可不怕。他家愿意打他家打，咱们不着急，往后拖一拖再说。"张树早媳妇秀香说。

于是张树早跟于大路说，家里经济一直很紧张，想给闺女小兰买件新衣服都没舍得呢，这打井的钱，实在拿不出来……

于大路夫妻俩哪能不明白张家的心思，可是，自己家确实又比张家更需要这么一口井。

于大路全家人商量了好几天，最后觉得，不打井吧，这辈子都得天天辛苦挑水吃，上坡下坡的，年轻时还好，老了可就费大劲了。干脆就豁上一回，自己打井，祈求老天爷龙王爷土地爷开恩，能顺利见到水。

“要是能打出水，张家别想喝一滴。”于大路媳妇愤愤地说。

主要是在这个念头支撑下，于家开始买工具买水管请人打井——当然是在自家院子里。

各路神仙还真是长眼，就在第十天，井打到快两丈深的时候，遇到泉眼，清水咕咕咕冒了出来……

这以后，于家人张家人见面，尴尬了好几个月。

除了坡儿和小兰两个小孩子。

张家确实没好意思来于家打水，于家更没主动发出邀请。于大路媳妇表面得意，心里还气着呢。

半年后，张家也终于打了井，也是顺利出水，水位和于家差不多深。

高稳柱媳妇二娟和王三发媳妇彩霞又吵起来了。

远亲不如近邻——确实，远亲之间吵架也肯定不如近邻之间多。

二娟生了个男孩，这可羡慕嫉妒坏了邻居彩霞。因为彩霞一年前生了个女孩。

高稳柱夫妻俩给儿子取名叫“小帅”，有事没事就“小帅”“小帅”地喊，喊得王三发彩霞夫妻俩心烦意乱。

二娟大声喊自己儿子“小帅”的时候，也不忘每次见到彩霞的闺女时大声喊“小丫头”，听那口气，就差后面没加上“片子”。

彩霞其实心里不舒服得很，可是人家又没喊错。谁叫自己不争气生了个女孩呢？女孩名字再好听也不如男孩叫得响，叫得有底气。

憋屈中暗暗攒了两年多的劲之后，彩霞终于苦尽甘来、扬眉吐气：她又生了个男孩。

彩霞夫妻俩为给儿子起名考虑了好几天。最后彩霞灵光突现，得来全不费工夫：他高家儿子不是叫小帅吗，那咱家儿子就叫大帅。比你官大，管着你。

王三发高兴得直拍大腿。

从此，“大帅”横空出世了。

这回轮到彩霞趾高气扬、意气风发了，天天“大帅”喊个不停，特别是每次听到隔壁二娟喊“小帅”，她更是要加大嗓门喊一声“大帅”。抱着大帅路过高家门口的时候，嘴里总要像唱歌一样哼起来“大帅大帅好大帅，长大要当大元帅”。

二娟总不能说“小帅小帅好小帅，长大要当小元帅”——吃了哑巴亏，心里这个气呀。

实在气不过，不久，二娟跟高稳柱提出：给儿子小帅改名，叫“超帅”。“他大帅官再大，咱也要超过他。”高稳柱算是默许了。

二娟在村里发出口头声明：自己儿子以后不叫小帅了，叫超帅。

一墙之隔，这边，彩霞连夜琢磨对策。

第二天起，彩霞忽然对正在改名中的“小帅”格外关心并态度温柔起来。早晨一见到，就热情地大声打招呼：“小帅，小脸洗得真白”“小帅，早饭吃啥好吃的了”“小帅，今天去谁家玩啊”……简直比对自家的大帅还亲。

看到彩霞这么热情友好，二娟都不好意思提醒她儿子正在改名。

人多的时候，彩霞叫“小帅”就叫得声音更大次数更多了：小帅长小帅短，小帅高小帅矮，小帅胖小帅瘦，小帅小帅你真帅……

高稳柱夫妻俩不在跟前的时候，彩霞更是一口“我家大帅……”，一口“二娟家小帅……”

功夫不负有心人。村里人本来都已经习惯了叫小帅，超帅叫起来又确实没有小帅顺嘴可爱，更重要的，彩霞高频率大嗓门口口声声地叫“小帅”，让大家似乎忘记了二娟的声明。于是，大家还是像从前一样，就算在二娟面前也还是叫她儿子“小帅”。

这就像锅里本来正煮着小米粥，却突然有人说想喝大米粥，那就必须把小米粥全都盛出来，重新把锅洗干净，再淘米加水烧火——怪麻烦的，而且旁边还一直有人说干脆喝小米粥算了——于是，那就还继续喝小米粥吧。

改变一个事实或者观点，总要比继续传播一个大家已经接受的事实或者观点困难得多。

结果，小帅改名没改成。

大帅还叫大帅，小帅继续叫小帅。

“跟彩霞家做邻居真是倒霉，被她家压一辈子。下辈子我再也不跟她当邻居。”二娟抱着没当成超帅的小帅，悲愤地说。

下辈子的事下辈子再说，这辈子还是先好好做邻居——高小帅和王大帅，隔着一个墙头一起长大着。

三十年以后。

王进财夫妻俩要到已经在市里买房安家的儿子双全家住些天。临走前，王进财把大门钥匙交给于文武："这些天你帮我喂喂我家那几只鸡。下了蛋都归你。"

于文武倒是尽心尽力。先把一个铁盆里装满水，放到鸡窝旁；然后，每天来喂鸡，多数时候是棒子粒，有时还有剩馒头剩米饭青菜叶。不过，他一个鸡蛋都没去捡——老邻居了，这点小事，举手之劳，何必喂了鸡就一定要拿人家的鸡蛋呢？

一个多月后，王进财夫妻俩回来了。打开大门，惊得嘴里假牙都露出来：只见家里的一只老母鸡，正领着一群小鸡，在院子里悠闲地散步……

于文武不捡鸡蛋，于是鸡蛋被老母鸡孵成了小鸡。

王进财夫妻真是不知道怎么感谢于文武才好："哎呀，要不咋说远亲不如近邻呢！你不要鸡蛋就算了，还想着把鸡蛋变成小鸡……"

双全听说了，笑得直拍大腿。下回回村里时，给于文武买了一大块炖牛肉，烂乎乎的，香喷喷的。

花花尝来到李秀秀家，围着她家的几袋棒子转了两圈，然后冲屋里喊："嫂子，你家的这几袋棒子到底卖不卖？"

李秀秀从屋里出来。

“我是估摸一下你家的棒子有多少斤。”花花尝说。

原来,花花尝想把自家的将近两千斤棒子卖掉,于是打电话联系以前经常开车来村里收棒子的粮贩。可是人家提出两个条件:因为现在村里种地的少了,去一趟,收不了多少棒子,利润还不够汽车油钱,所以总共至少要有两千五百斤才值得开车来一回;另外就是,价格按照八毛三分钱一斤,“到不了八毛五”。

花花尝以前听李秀秀说起过想卖棒子的事,就跟对方保证,肯定能超过两千五百斤,“要是够三千斤,就全都按照八毛五”。争了半天,对方答应了。

“你家棒子应该有一千多斤。我跟人家说好了,够三千斤就按八毛五。我这可是费了半天劲才谈妥的。别人家我还就不去找了,谁让咱两家是几十年的邻居呢……”花花尝情真意切地跟李秀秀说。

“卖!卖!都八毛五了,能不卖吗……”李秀秀赶忙把花花尝拽进了屋里,“快坐!哎呀,到底是几十年的邻居,啥好事都先想到我家。都八毛五了,能不卖吗……”

第二天,收棒子的真的来了。

“一共三千三百斤,八毛五一斤。这个价你们可别跟村里人说。”

“哪能说呢!就我们两家知道。”花花尝说。

“下辈子,咱两家还当邻居!”李秀秀揣起钞票,向花花尝竖起了大拇指。

于大路家和张树早家的关系早就正常了。

有一年，大年腊月二十九，于大路夫妻俩正在屋里忙活着炸丸子。于大路媳妇无意中往屋外瞥了一眼，突然失声叫了起来：“妈呀，外面着火了！”

两人跑出大门外一看，自家堆在院墙外的二三十捆棒子秸秆，已经从一角燃起了大火。

夫妻俩赶忙回屋拿出两个铁桶，到院子里的压水井拼命压水救火。

这个时候，隔壁张树早家也发现了火情，一家人也从家里一桶一盆地往外接水救火。

二十多捆秸秆差点就全烧光了，还好火情没扩散。

后来于大路和张树早分析，很可能是坡下有人放鞭炮，没准是二踢脚，落在干燥的秸秆堆里，引燃了。

于大路媳妇给张家送过去一碗丸子表示感谢，张家说昨天刚刚炸完，就没要。

“幸亏咱两家都打了井，要不然，这火可就烧大了。”回到家，于大路媳妇说。

那个春节，两家人第一次凑起了一桌麻将。

二娟曾发誓下辈子再也不跟彩霞家做邻居，可是，还没等到下辈子——刚刚到下半辈子，两人就换到另外一个地方继续做起了邻居。

高小帅和王大帅，从小一起长大。大人间曾经的“斗争”再激烈，也改变不了哥俩纯粹牢固的发小情谊。

两人都在市里工作:小帅当厨师,大帅开装修公司。

这哥俩,不知道人家是怎么商量的:前几年买房时,买在了同一个小区,同一栋楼,同一单元,同一层,门对门。

户型还完全一样。

大帅帮助小帅装修的房子。

两年后,二娟去小帅家帮着带孙女;又过了半年,彩霞去大帅家帮着带孙子。

平时,要么二娟带着孙女去大帅家,要么彩霞带着孙子去小帅家,要么两个大人一起带着孩子下楼玩。

“到你家怎么跟到我家一样。”彩霞说。

“看这样,下辈子咱俩还得当邻居。”二娟说。

第三章

娶媳妇的故事

男人都爱下象棋

我们村里多数男人都喜欢下象棋。

男人大都好赌,可是我们村的男人又都没钱,于是只好下下象棋过过不挂彩的输赢瘾。

李万财是全村下象棋第一高手,大家都爱到他家挑战他。

李老三跟李万财下棋,十盘有八九盘会输,可是总不服气。跟大花结婚后,李老三照样吃完晚饭后就去挑战李万财,把大花一个人扔在家里。

还在蜜月期呢。

大花初嫁到我们村,经常听村里的女人们说起“李万财总是赢,别人从来都是输”之类的话,心里起了疑,以为李老三有赌博恶习,暗叹命不好。

一天傍晚，李老三吃完饭后又去了李万财家。大花越想越气越急，在家里实在憋不住，鼓足勇气出门直奔李万财家，准备大闹“赌场”。

刚到李万财家门口，果然，只听屋里面有人说“完了，老三又输了”“你就从来没赢过李万财”“就剩光杆司令了，这回输得惨！”

光杆司令？肯定是输得只剩裤衩了……大花差点气晕，猛地推门进屋，指着一脸惊诧的李老三，声泪俱下：“把我骗来还不算，没想到你还耍钱！我真是瞎了眼！我的命好苦啊……”

李万财和大伙都被吓了一跳，李老三更是一脸疑惑和尴尬。等大家明白大花的意思，不禁哈哈大笑，争着跟大花解释，这是下象棋，只分输赢不赌钱。

大花想把眼泪收回去，已经来不及了。

李老三受了冤枉丢了面子，回家后吼了大花几句。大花也觉得是自己没调查清楚就去人家家里闹场子，自己被人笑话还让丈夫在人前丢面子，羞愧得很……当晚，她比结婚那天还温柔地，承认了错误。

不过，从这以后，李老三的棋艺好像比以前还差了。

王大粮的爸爸王春雷也喜欢挑战李万财，不过他的水平和战绩跟李老三差不多。哪天他要是赢了李万财一盘——不管用的什么“招儿”——出门回家时走路姿势都跟往常不一样。

一天晚饭后，王春雷又来李万财家下象棋。

郭老二也来了。

王春雷已经连输了三盘，很着急，脸色微红。

第四盘的时候，一直在旁边观战的郭老二开始给李万财支招——没错，是给高手李万财支招而不是给“常败将军”王春雷支招。

李万财要跳马，郭老二说不如先拱一步小卒；李万财要挪炮，郭老二说不如先横车；李万财说要支士，郭老二说不如先飞象……

在郭老二的“热心指点”下，终于，李万财糊里糊涂地被王春雷将死了。

王春雷“以胜利而告终”，一边收起棋子一边高兴地咧嘴大笑。郭老二看着王春雷笑了，自己也忍不住笑了。

两人一起出门回家。就在王春雷得意地嘲笑“李万财这个臭棋篓子”的时候，郭老二说：“明天我家要垒猪圈，你受累来给帮一天工呗！”

“你看你说的，帮个工算啥……李万财这个臭棋篓子，还总说我下棋臭呢，我还不是照样赢他，哈哈哈……”

“那就说好，明早你就过来。”

“行，一早我就过去。你说李万财这个臭棋篓子！”

“哈哈，是啊，臭棋篓子……”

第二天一早，王春雷如约来帮工。当然，这一天，王春雷干活干得很开心，他跟郭老二边垒猪圈边聊天，主题就是“李万财的棋艺其实比猪圈的臭味还臭”。

其实，到底谁更臭，郭老二心里可明白着呢。

于文武和王进财也经常来李万财家下棋。

有一天，于文武已经连着赢了王进财三盘。王进财不服，准备开始下第四盘，想捞回一局。

这时，外面开始掉起了雨点。于文武突然想起，媳妇前天从小梁前捡回的蘑菇还晒在院子里，于是跟王进财说："我得回家把蘑菇收起来。我媳妇不在家。蘑菇要是挨浇可就要烂了。"

王进财不让于文武走："再下一盘，就一盘。"

"再下一盘蘑菇肯定就被浇湿了，我媳妇好不容易捡回来的。"

"真啰唆，就一盘。浇湿了把我家捡的蘑菇给你。"

这一盘棋，于文武下得纠结又痛苦：想赢，心烦意乱，赢不了；想输，王进财棋太臭，自己又输不了。

好不容易输给了王进财，大雨已经下过，太阳都出来了。

王进财终于放他走了。于文武回到家，院子里的蘑菇早就泡在了雨水里。

当晚，于文武媳妇王花枝气得跟他大吵了一架，最后把泡了雨水的蘑菇全都倒进了猪圈。

第二天，王进财听说后，默默地把自家的蘑菇送到了于文武家。

当晚，王进财媳妇，免不了地，又跟王进财吵了一架。

第三天一早，王进财来约于文武，于文武也正要去找他——两个大男人，不是去下棋，是被自家媳妇惩罚去小梁前捡蘑菇。

路过李万财家门口的时候，他家的收音机正传出欢快的歌声：

"采蘑菇的小姑娘，背着一个大竹筐，清早光着小脚丫，走遍树林和山岗……"

我的同学李桂花和王淑芬是邻居，李桂花的爸爸李建国和王淑芬的爸爸王援朝以前都经常到李万财家下棋。后来，李建国干脆自己买了一副象棋，王援朝就经常到李家来玩。

有一天，李建国媳妇跟李建国抱怨："咱家以前一个月电费才一块五，现在要两块，就是因为王援朝晚上经常来咱家跟你下象棋，睡觉晚，可不就费电嘛。以后晚上不许玩象棋，九点钟必须关灯睡觉。"

李建国觉得如果直接拒绝王援朝来自己家下棋，实在是说不出口，于是跟王援朝编了个瞎话，说最近自家小儿子总爱玩象棋子，怕把棋子弄丢了，干脆就把象棋放在你家吧。

王援朝也没多想，还挺高兴的，把象棋拿到了自己家。

从这以后，每天晚上，李建国开始到王援朝家下象棋。出门之前，媳妇还特意叮嘱他：不到十点别回来。

却不料，两个月以后，王援朝媳妇也发现了同样的问题：以前每月电费一块五，现在咋都两块多了呢？

想来想去，她似乎也想明白了是怎么回事："我说李建国咋无缘无故把象棋送到咱家呢，肯定是他媳妇的小九九。我早就知道他媳妇猴精猴精的。"于是让王援朝赶紧找个借口把象棋送回去。

李建国媳妇一见象棋被送了回来，心里也就明白了咋回事。

后来，两个女人再见面时，心照不宣地商量了一个方案：以后象棋一家放两个月，轮流；每天晚上下象棋最晚不超过九点半。

李王两家——其实主要是两位女主人——就这么和平共处了许多年。

三十年以后。

大花差不多天天去二明家的棋牌室打麻将,“小赌怡情”。

李老三去找过两回大花,大花骂道:“臭老头子,刚结婚那会你就天天去李万财家下象棋,找你回家还不乐意。玩了几十年,现在还有资格管我?”

“我下象棋又不赌钱,你这还天天带彩的呢。”李老三挺有理由。

“跟你受了一辈子苦,老了老了耍这点小钱乐和乐和你还管。真有本事,就去多挣点钱,让你媳妇耍几把大的。”

要不是手里都抓着麻将牌,一桌人差点为大花鼓起掌。

李老三被抢白得无话可说,想想大花说得好像也没错,红着脸走了。

这以后,李老三很少去李万财家下象棋了,反倒是经常陪着大花来二明家打麻将。当然,有大花在,李老三“上不了台面”,只能另找把椅子坐在大花身后当亲友团。

王春雷家要垒个羊圈。村里几乎没有年轻人了——年轻人也不爱干这个活——于是找郭老二帮忙。

现在,村里谁家如果找人帮工干活,都不让白干,会给工钱。

“咱们就按村里的规矩,帮我干一天,给你一百块工钱,能来不?”王春雷问郭老二。

“那咋不能呢。工钱我就不要了。”

“那不行,你也老胳膊老腿的了。”

“真不用了,晚上在你家喝二两就行。当年你不是还帮我垒过猪圈嘛。”郭老二笑着说。

“还不是你这家伙给我下的套。”王春雷早就明白了。

“知道就好。唉,你说你,这么多年了,下棋还是下不过李万财……”

“该下棋了。”吃过晚饭,李建国隔着墙头喊王援朝,或者王援朝隔着墙头喊李建国。

从七点一直下到快十点了,两人的媳妇也不来催。

“该回去了。”其中一个人说。

“再来一盘。又不算太晚。也不费你家电。”

“你看你这话说的。”

又下了一盘。收起棋子,准备走了,灯还明晃晃地亮着。

李建国媳妇不来关灯,王援朝媳妇也不来关灯。

我们村里早就安装了路灯。

每天晚上,李建国和王援朝都到路灯下下象棋。

这回他们不再怕费电。但是,年龄大了,怕费眼睛。

扫　盲

在我们村子里，经常会发生一些很可笑的事，连我这个还不太懂事的小学生都会被弄得哭笑不得。

比如，“晚上的太阳去哪了”，在我们村就一直是个被争得昏天黑地的问题。

王大乐呵、于飞、李老三的妈妈、王老太太几个人是一派的，他们认为，晚上的太阳看不见了，是因为“落到远处的地里面了”，或者“在远处的一个山洞里藏着呢”。总之，太阳一定在我们村西边很远很远的某个地方有个家——很可能是一个大洞，到了晚上，太阳也像人一样，要回家，进屋子，睡觉。第二天早晨很早就起来，趁着天黑，赶很远的路，赶到东山那边的时候，天正好亮。

大部分人认为，太阳并没有藏到地里面，只是被西边更远处的山挡住了。至于太阳到底去了哪里，第二天为什么又能从东边出来，却也说不清楚。

闲聊时，两派人经常争论起这个问题。王大乐呵、于飞这一派，人数虽少，态度却很坚定。两派争了很多年，仍然谁也说服不了谁。

能怪谁呢，在大家应该弄明白这个问题的时候，不是遭遇了战争，就是赶上了运动——然后，像王大乐呵和于飞他们，还坚持认为自己是对的。

太阳怎么过夜倒还是个小问题，还有更大更重要更严肃的问题呢。

于飞说："天安门在北京的最中间。"

"对。没错。"张开犁说。

"北京在全中国的最中间。"于飞接着说。

"这就不对了。我在咱们小学王校长办公室里看到过中国地图。王校长说中国地图的形状像个大公鸡，还真像，不过北京并不在鸡肚子那，是在鸡脖子那。你说鸡脖子那能算一只鸡的中间吗？"

"不可能在鸡脖子那。"于飞说，"北京是全中国的首都，连毛主席都住在北京。北京哪能不在全国最中间？"

"你看看地图就知道了。"

"我才不信。再说看地图我也不认字。"

这于飞，可真是没救了。

在李老三妈妈的眼里，不用说北京，就算到我们的邻县，就已经很远很远了。

李老三的妹妹找了个对象，是我们市辖的另一个县的，听说离我们这有一百里地。

李老三妈妈一直反对："都出了咱们县了，那得多远。以后我见闺女一回都不容易。可不能找到那边去。"

闺女一直哭。大伙有劝母亲的，有劝闺女的，可是这种事两个女人谁也不妥协。

最后，李老三说："我把王校长请来，请他说说到底远不远。真要是远的话，我也不能让我妹子走；要是不远的话，就随她吧。"

王校长来了，不像给评断家务事的，倒像是给李老三一家人上了一堂地理课：

"老嫂子，你说一百里地算远，那你知道咱们村离北京有多远不?"

"咱们这到北京可远着呢，听说有五百里地。坐火车得六七个钟头。"李老三妈妈说。

"那你知道咱村离省城有多远不？跟你说吧，可不止五百里，有一千多里地呢。"

不但李老三妈妈吃了一惊，连李老三都瞪大了眼睛，他妹妹听得都止住了哭声。

"一千多里地，两个北京那么远，你说远不远？那你闺女找个百八十里外的婆家，是不是就不算远了?"

李老三妈妈不情愿地点了点头。

“这还没出省呢。你们想想，咱们省在全国的北方，要是往南边去，还有河南安徽湖北湖南广西云南，四五千里地远；最西边是新疆，六七千里地远。那你说，咱这百八十里的算个啥？”

“我的个妈呀，咱们国家有这么大啊，那去趟远处还不得走一个月。这么说，这一百里地还真是一点都不算远。”李老三妈妈的脸色终于缓和了。

李老三在一旁不停地啧啧感叹。

几天后，李老三的妹妹专门来到小学，对王校长千恩万谢：“王校长，我上小学的时候，您还没来咱们学校当校长。您要是早几年来，我早跟您学到这些文化，我自己就能说服我妈了。还是有文化好啊。没文化，我差点都不能嫁出去。”

妹妹嫁了出去。李老三最大的收获，是从此知道了我们国家有多大：南方，四五千里远；西边，六七千里地……

村里还有许许多多因为“没文化”发生的事，不过这些事不用王校长出面，他的学生——我们这些小学生——就给解决了。

小学的大部分学生还是很爱学习的。大概是因为我们平时实在没有什么机会接触村子外面，接触新鲜事儿，所以我们对王校长、姜老师讲的东西，都很喜欢听。

我们还都很爱看书。有一回，我爸给我买了一本小人书。我在家里连夜看了一遍，第二天出门上学时还想看，就装进书包带到了学校。课间，我忍不住拿出来看，被王千铁、二鼻涕、二明他们发现了，也想看，一开始还跟我好商好量，我不想给，王千铁竟然趁我不注意，从我身后伸手想“偷走”，一抓，一下子给撕掉了两页。

气得我后来好几天不让他到我姥姥家喝水。

村里一些“没文化”的事，让我们这些“有文化”的小学生觉得太招笑了。

下沟大队部大院，代销店隔壁的屋子里，村里唯一的一台电视机正播放电视连续剧《霍元甲》，全村男女老少都爱去看。

播过几集之后，王大乐呵说：“开头唱的那个歌倒是挺好听的，就是词听不懂，只能听清两句，‘万里长城拥不倒，千里黄河水淘淘’。长城肯定拥不倒，那为啥要淘黄河水呢？”

我的同桌王淑芬学习也挺好的，她听到后，笑得直不起腰：“人家唱的是‘长城永不倒’‘黄河水滔滔’。就是长城永远都不塌，黄河水很大的意思。你倒挺能给人家改词。”

“闹了半天是这个意思啊。”王大乐呵说。

王老太太更逗。

我们在学校新学了一个词“旧貌换新颜”。大家都觉得这个词很好玩，读起来就让人开心，于是放学回来我和二鼻涕在院子里写作业时，一边写一边念叨。

来串门的王老太太听到了，搭腔说：“这句话有啥可学的。旧帽换新檐，不就是旧帽子换了一个新帽檐嘛！”

二鼻涕手里的笔差点掉到地上。

“我的妈呀！咱们要是这么说，非得被王校长狠狠批评一顿不可！”二鼻涕摇着头跟我说。

我跟王老太太解释："不是那个意思。旧貌换新颜是说，你有钱了，买了一件新衣裳，穿上显得很好看，你心里也很高兴。"

"帽子跟衣裳还不是差不多？旧帽子换个新帽檐，也挺好看。"王老太太说。

唉，她岁数大了，脑筋又固执，真是没法跟她说清楚。

她什么时候能"旧貌换新颜"呢？

我猜测，"上头"肯定是听说了我们村里发生的这些稀奇古怪、让人哭笑不得的事，所以，有一天，村里大喇叭发出了一个通知：根据上级安排，我们村准备开展扫盲活动，请被"扫到"的村民积极配合，争取早日脱盲。

我们这些四五年级的小学生都十分兴奋，因为王校长在学校的大会上宣布：村里的扫盲活动，要由我们小学高年级学生当"小老师"，和村里的扫盲对象一对一结成"对子"，利用课余和假期时间，教对方会认会写八百个字。

学习成绩好的学生优先当小老师。王校长指定，我们上沟，我和于飞结对子，王千铁和王大乐呵结对子，王淑芬跟李老三妈妈结对子，李桂花跟王老太太结对子……

李桂花跟王老太太第一次"师生见面"，就出事了。

"老奶奶，我来帮您扫盲来啦！"

"啥？扫忙？我这扫地呢，是挺忙的。"

"老奶奶，'扫盲'不是您说的那个意思……是教您认字，扫文盲。"

“我都这么大岁数了，认字还有啥用。不认字不也一样嘛。我就不扫了，不扫了。”

“老奶奶，您就扫扫吧。是王校长让我来扫的，让我教你认字。”

“你去扫扫年轻点的吧，高稳柱家的，于老大家的。”

“老奶奶，她们都认字，不属于文盲，不用扫。不认字的才要扫。”

“不扫了，不扫了，我这忙着扫地呢。让我认字我就脑袋疼。你还是去别人家看看有没有要扫的吧……”

李桂花没当成“小老师”，哭着回家了。

李老三的妈妈倒是很愿意王淑芬给她扫盲。“没文化真是不行啊，闹笑话，还耽误事。”她说。

在正式认字之前，王淑芬先给李老三妈妈讲了一遍“晚上的太阳去哪了”这个问题。她用对方的拳头当太阳，用自己的拳头当地球，转了半天，就在自己也要转糊涂的时候，李老三妈妈终于明白了。

“以后我可不跟大乐呵、于飞、王老太太他们一伙了。你说的是这么个理儿。你们都是王校长的学生，那还能有差。”

李老三也很欢迎王淑芬来他家扫盲。自从上次从王校长那里知道了我们国家有那么大，他既兴奋，又有点紧张。“要是能到远处去看看就好了，可是又太远了，万一找不回咱们村呢。”

他很想让王淑芬给自己讲讲“远处”的事，可是在这方面，王淑芬知道的比李老三多不了多少。

“等我在学校里学到了再跟你说。”王淑芬说。

“没事，你先把我妈教好就行。我还有的是时间学。”

于飞和王老太太到底是一派的，我跟他交流起来有点困难。

“扫啥？扫忙？没看我这正忙着嘛。”他说。

“大哥，王校长说让我教你认字。”按照七拐八拐的亲戚关系，我还要管于飞叫大哥。

“认字干啥？会说话就行呗。”

“大哥，你就让我帮你扫一扫吧。认了字肯定有好处。”

这时，于飞媳妇王桂凤，我大嫂，看到气氛有点尴尬，就劝于飞：“学生娃上门来帮你扫，你就扫扫吧。认识字总比不认识强。”

我这才成了于飞的小老师。

我每天吃完晚饭就到于飞家去。教他认字可真难，他长这么大只会认会写五个字：于飞，王桂凤。

难怪桂凤会嫁给他。

我专门贡献了自己的一个田字格本，写上字，教他念，然后看着他写五遍。

他学起来倒是很感兴趣很认真，可是有一天晚上我惹他不高兴了。

“粮，食。”我指着田字格本上的字念。

然后于飞跟着我念：“粮，食。”

“长，毛。”我把“长”读作“zhǎng”。

“长（zhǎng）毛。不对呀，‘粮食长（zhǎng）毛’？真是糟蹋粮食。你这是咋教的？这几个字我可不学。”

“哎呀，真是，‘粮食长(zhǎng)毛’，这可不好。”我尴尬地红了脸。

我这个老师当的，怎么把这几个字写到一块了呢。

我灵机一动，“不对，这个字是多音字，在这念长短的长，不念长大的长。粮，食，长(cháng)，毛。”

“哦，这还差不多。粮，食，长(cháng)，毛。”

桂凤在旁边疑惑地看着我，看得我心里真发虚。

还有一回，学另外一个字的时候，也差点出了问题。

我写了个“病”字，然后告诉于飞怎么念。他一听，又不高兴了：“你怎么老教我这些破字呢？我可不想得病。”

“谁能不生病呢？这是常见字，所以要学。”我说。

看他还是不高兴，我突然又想到一个办法，我在“病”字前面写了一个“没”字，“没——病——‘没病’这俩字就这样写。”

“没病！”这回于飞高兴了。

跟我这个小老师学了两个多月，我的学生于飞大哥终于“脱盲”了，并且，他也不再争论晚上太阳是不是藏在地里睡觉、北京是不是在全国最中间的问题。因为，在这两个月里，我已经把这两个问题跟他解释清楚了。

为了感谢我这个小老师，于飞特意让桂凤给我家送来十个鸡蛋。我妈说不要，桂凤非让我妈收下。最后，我妈收下了五个。

后来，我妈给我煮了一个鸡蛋，我美美地吃了，好像比我家的鸡蛋还要香。剩下的四个，我拿到下沟的代销店换回了五个作业本。

这是我人生中第一次靠自己的知识和劳动换得的收获。

这以后，村里关于“晚上的太阳去哪了”这件事的争论终于停止了，让人哭笑不得的事也似乎真的少了。

三十年以后。

有那么两年，王大乐呵和村里其他几个人，在市里的火车站打工，具体工作就是给到站的各趟列车打扫里里外外的卫生。

王大乐呵很看重这份工作。他每天上午九点多钟赶到离村子五里地的火车站，坐上从北京方向来的一趟客车，半个多小时后就到了市里，然后开始工作，晚上再坐七点多的一趟车返回来。让王大乐呵和其他人自豪的是，他们坐车从来不用买票。“我们就是铁路工人嘛，整趟车都是我们自己打扫干净的。坐自己家的车，还用得着买票？连列车长和检票员都认识我们。”王大乐呵逢人就显摆几句。

能找到这份工作，王大乐呵十分感谢王千铁。原来，当初铁路上来我们村里招工时，要求报名者现场亲自填写报名表，“要会认字会写字，不招文盲”。

当年“扫盲”时，王千铁当小老师，教王大乐呵会认会写了八百个字。没想到，几十年后竟然派上了用场。

“干我们这个工作，别看就是给客车打扫卫生，不会认字还真不行。”王大乐呵跟大家说，“我们每天都要写工作记录呢，你不会写字能行吗？还有，我听说，有一回，一个工人去车厢里搞卫生，他本来应该到去北京的那趟车上，结果他连车厢外面写的字都不认识，跑到另外一列车上去了。你说这耽误事不？最后车站把他给开除了。我看开除他不冤，这事也不能怪车站。还好我认得字，车厢外面里面都写得清清楚楚的，哪到哪，不会上错车。”

王大乐呵倒是十分感念“师生情”：“幸亏王千铁给我扫盲了，要不然这个工作肯定没我的份。”他偶尔会从市里买回一瓶酒，熟食凉菜，找王千铁喝两盅。

有一年夏天，李老三大花夫妻遇到了烦心事。

他们的小女儿佳佳高考结束，要填报志愿。李老三夫妻俩没想到，这孩子跟他们说，想报考南方的学校，“去远方上学”。

大花很不高兴，气得埋怨李老三：“都怪你！自打知道咱们国家地方大，好玩的地方多，天天念叨出去旅游。什么冬天去海南，夏天去北极村，秋天去吐鲁番吃葡萄……这下好了，闺女跟你学野了，近处的大学一个不想去，北京的省里的都不想去，非要考几千里地之外的。”

佳佳说：“现在有高铁有飞机，几千里地一天也到了。以前我奶奶去我姑姑家，坐车换车还得好几个小时呢。”

李老三自己想到远处去旅游，却舍不得闺女到远处去上学。

“要是你奶奶活着，肯定也不让你到远处去。”他说。

“当初还不如不扫盲。知道的多了，心就野了。这回闺女跟你学，我看你咋办。”大花说。

大花甚至还想埋怨当初来家里扫盲的“小老师”王淑芬，可是“埋怨得着”吗——我当年的同桌王淑芬同学，早就嫁到“远处”去啦！

五一假期，我回到村里。

路过我们下沟的小学的时候，我突然想进去看一看。

小学早就被撤销了，我们村的孩子们都到五里地外原来的初中上小学——原来的初中也已经被撤销，合并到镇中学了，原校址变成了小学。

我们村小学靠近门口的几间教室，被用作村委会的会议室、学习室。

有一个房间没锁门，我推开进去一看，竟然发现有好几位村民正坐在屋里的长条桌旁看书。原来，这是村里根据上级统一安排开设的“农家书屋”。室内的三个大书架摆满了各类图书。我随手翻了几本，大部分都是质量很好的新书。

王千铁担任“农家书屋”的管理员。我从他手里借了几本，准备假期这几天在家看。

走出屋子的时候，我恍然想起，当年，王千铁、二鼻涕他们争抢我那本小人书，就是发生在这间教室。

我们上沟，于飞和他媳妇桂凤，还有几位村民，正在大道边闲坐着。桂凤和大家聊天，于飞在一旁，只是瞪着眼睛看，一句话都不说。

我从兜里拿出两张一百元钱，递给桂凤："拿着吧，别嫌少。给我大哥买点吃的。"

桂凤说不要，我还是给了她。

桂凤把两张百元钞票拿到于飞跟前，晃了晃，问他："这是你大兄弟给你的。知道你大兄弟是谁不？这是多少钱？认识不？"

于飞看看我，又看看钱，只是眼珠转一转，面无表情，还是不说话。

"他这样快半年了。"桂凤转了转于飞坐着的轮椅，"脑溢血，半身不遂，走不了路，话也不会说了。"

我不准备把我手里的书拿给他看了。

我当年当小老师时的扫盲对象，我曾经教他认识了八百个字的学生，曾经认识了"没病"的"病"字的大哥于飞，时隔三十年，因为得病，已经无法走路无法说话了。

我不知道，他还认不认得我这个大兄弟小老师，认不认得我曾经教会他的那些字。

娶媳妇的故事

“你说,咱俩是好兄弟不?”晚饭后,李不倒来到歪歪梨家,刚坐到炕沿上,就冲着歪歪梨来了这么一句。

“老哥,你这是咋啦?”歪歪梨给李不倒递烟的手奇怪地停在了半空。

“你就说是不是吧?”

“那咋不是呢。老哥,你看你说的。你这是咋啦?”

“那你说,我们家老三是你侄子不?”

“哎呀,我和老三没差几岁,要不是隔着辈分,那就是亲兄弟。到底有啥事,你倒是说呀。急死个人。”

“那老哥我就不客气了。我想明天借你家五只羊用一天。”

“啥?借羊?”

“嗯,借羊,就借一天。明儿一早我把你的五只羊赶到我家去,晚上再给你送回来。放心吧,不会杀你家羊,也保证不掉一斤肉。是这么回事……”

李不倒跟歪歪梨讲了足有半小时。

“这可是大事。行,明儿一早你就把羊赶你家去。不过要是出啥差错,你和老三可别怪我,这个责任我可担不起。”

“哪能怪你呢。那就这么定了。明儿一早我就来赶羊。”

李不倒跟歪歪梨借羊的时候,李不倒媳妇淑珍正在跟大花“借树”。

“大花,你说,我们家老三是你三兄弟不?”

“大婶,你看你这话说的。你家老三管我叫三嫂,他咋不是我三兄弟呢?”

“那我就替你三兄弟求你帮个忙。明天啊,我想借你家五棵苹果树用一下,就是头道坡果园里的树。”

“啥?借苹果树?”

“明儿头晌,我们全家要到头道坡的果园去一趟。到时候我会说你家的那几棵苹果树是我家的。我就是这么说说,不是真要你家的苹果树,也不摘你家苹果。唉,是这么回事……”

同样的事情,李不倒跟歪歪梨讲了半小时;而淑珍跟大花讲了一个小时。

当然,大花也比歪歪梨更愿意听。

“行——行吧,明天你爱怎么说就怎么说吧,反正就是说说嘛。”

“你可是帮了大忙。成不成的，大婶我心里可记着呢。”

“哎哟，大婶啊，我算是明白了：我是被我家老三骗来的，没想到大叔大婶你们也……要是出啥差错你可别怪我，这个罪过我可担不起。”

“你大婶我也是这么嫁过来的……哪能怪你呢。那就这么定了。到时候你别说话就行了。”

作为六个儿子的爹妈，李不倒和淑珍这样兴师动众，求兄弟告侄媳妇，当然是为了——给儿子娶媳妇。

有媒人给李不倒和淑珍的三儿子三田介绍了一个对象。三田当过两年兵，长得又俊，亏就亏在上头有两个哥，娶媳妇的事一直轮不到他。这回好事总算来了，介绍的对象叫秋香。媒人说，明天，秋香的亲姑姑将作为女方家属代表，来三田家“实地考察”。

李不倒夫妻俩借羊借苹果树，就是为了迎接这最重要也最严峻的一次考验。

其实，在我们村周围的十里八乡，小伙子娶媳妇，说难也难，说不难也不难。

难，是难在姑娘的“来源”——能不能幸运地打听到哪个村谁家有待嫁姑娘并捷足先登，或者会不会更幸运地有媒人主动上门给小伙子介绍对象。如果能有人给牵上线接上头，只要小伙子人品没毛病身体也没毛病，家庭条件不至于太差，一般来说好事都能成。

本来嘛，这个年代，家家户户差不多都一样富；村民们都是生在村里长在山里，仰头看到的天一样宽，低头走过的路一样长，都在村里读的小学也只读过小学，认识的字一样多，念过的书一样厚；姑娘小伙对山外世界的了解不是来自大喇叭广播就是收音机，见识差不多一样广，眼光差不多一样高；更关键的是，姑娘的父母和小伙的父母一样厚道实在，并且前者因为对后者充满了理解和同情，提出的要求一般都不会太出格。

家庭都一样，人都一样，成个亲有什么难的呢？

我们村是很偏僻很封闭，可是还没听说谁家因为这个原因把相亲对象吓跑的。

就拿彩霞和王三发这一对来说吧。彩霞是外县人，媒人第一次带着彩霞和她的老姨来我们村考察的时候，彩霞一走过洋灰筒子，就有点不乐意了，拽拽老姨衣角："这个村也太偏太小了，怎么比咱们村还山沟呢？"

老姨也皱起了眉。

媒人到底心灵嘴巧，她看了看彩霞的老姨，问："大姐，从你们村到咱们市里要多长时间？"

其实，媒人对男方女方两边情况本来都了解，她是故意这么问。

还非要把"市里"前加上"咱们"俩字。

老姨说："要先骑一个小时自行车到县城，再坐一个小时汽车到市里。"

老姨其实根本就没去过"咱们"市里几回。

“你看，男方这村子是小了点，看着还像个大洼地，可是人家离火车站才五里路，走着都用不了半小时。到车站坐上火车，半小时就到市里，比你们村可方便多了。将来啊，彩霞上市里买个衣服看场电影啥的，还不是抬屁股就走的事！”

一番话，老姨眉开眼笑，彩霞美美地羞红了脸。

虽然后来彩霞抬屁股到市里买衣服，一抬抬了五年——那是她嫁到我们村五年以后的事；抬屁股到市里看电影，一抬抬了二十年……

“大家都在山里村里住着，这村跟那村能有啥差别？别人家的村子未必就比咱们村方便宽敞。”李不倒儿子多，他喜欢说这样的话，不过大家都觉得他其实是在安慰自己，为自己鼓劲。

彩霞认不全洋灰筒子墙上的那几个字，其实燕子也认不全。

燕子长得不错，歪歪梨第一次见到燕子时就喜欢上她了。可是歪歪梨心里直打鼓：自己只是小学毕业，连初中都没念过一天；出远门，长这么大也就去过两三回市里，至于省城和北京，想都没敢想。燕子会不会嫌自己没文化没见识呢？

不过，跟燕子聊了几句，他心里就有底了。

燕子说：“刚才路过铁路线底下那个小山洞的时候，墙上竟然写着打倒什么‘力列日湿夫’。真逗，都八十年代了，还打倒呢……”

歪歪梨到底还年轻，一点不懂得给人家上门相亲的姑娘留面子：“前面那个字念‘勃’，不念‘力’。后面那个不念‘湿’，念‘涅’。”

燕子闹了个大红脸。

据说，燕子回到家后跟她妈说："人家上过五年级，我才念了四年级。我不认识的字，人家都认识。我就去过咱们县城，人家还去过市里……"

其实，只上过五年级的歪歪梨对这两个字也不熟，"涅"字本来就不认识，他跟大家一样，是从王校长那里听说来的。

五年级比四年级，能多多少学问呢。

所以，后来虽然闹了一回"五双鞋三双鞋风波"，可燕子和歪歪梨的亲事还真成了。

其实，大花一直觉得自己是被李老三骗来的，也确实有点冤枉了李老三。

她跟李老三还是有些相同爱好和共同语言的。

李老三家有一台木壳"蜜蜂牌"收音机。他最喜欢听"匣子里的人"讲评书，袁阔成播讲的《三国演义》、刘兰芳播讲的《岳飞传》、单田芳播讲的《隋唐演义》，他都听过不下三四遍。

大花也爱听评书——收听大喇叭广播或者收音机，是山村里男女老少都喜欢的娱乐活动。可是她自己家没有收音机，只是在邻居家断断续续听过几段《三国演义》。

两人相亲第一次见面的时候，大花听说李老三爱听评书，就想考考他："你知道三国大将的武功排名吗？"这么简单的问题哪能难倒李老三，他张口就来："一吕二赵三典韦，四关五马六张飞……"说到这，李老三意犹未尽，来了精神，竟然模仿袁阔成的声音，给大花现场说了一段《三国演义》。

讲到最后，还不忘来一句：欲知后事如何，且听下回分解。

大花捂着嘴，想笑不好意思笑。

下一回，李老三就在自家炕头继续给大花分解故事了——大花已经成了他媳妇。

其实，大花没往深处想：换了别的小伙子，也同样爱听评书，也很可能会模仿着讲上一段《三国演义》或者《岳飞传》；而她自己，也只会想出这样一道题目考察李老三，别的问题，她想提都提不出来。

山村里的姑娘，如果找对象要求太高，能不能嫁得出去都是个问题。

下沟的春梅姑娘长得不差，有人想把她介绍给三田。春梅本人倒没啥意见，可是她妈妈提出的条件让媒人和李不倒很生气："谁家要娶我闺女，过门后三天就要蒸一回馒头，五天捞一回大米饭。"

这个条件让媒人尴尬地知难而退。

李不倒愤愤不平，在我们上沟逢人就讲："家家户户都是种棒子谷子高粱，在陈家沟活了大半辈子能不知道？非要人家隔三差五吃大米白面，过去的地主富农也没过过这么好的日子。有能耐就把你家姑娘嫁到县里市里去——你姑娘有那好命么？"

春梅的人生大事就这样被她妈妈耽搁了，挑了三四年也没挑到能三天蒸一回馒头五天捞一回大米饭的人家。眼看着闺女成了大龄姑娘，她妈妈终于放宽了条件。最后——也怪李不倒这个乌鸦嘴——春梅嫁到了一个叫九寺的偏僻山沟。这个村子人口少，全村还不到二十户人家，可是山地面积大，人均田地多，粮食够吃，还能有富余换点大米白面。

但是据说春梅其实对这桩婚事并不满意：新郎接亲的时候，骑自行车带着春梅。可是骑到距离村子还有三里路的山口时，往村里的路太难走，只能推着自行车步行。春梅有些后悔，还不如嫁到我们上沟。

春梅的事成了李不倒嘴里的反面典型："心气高有啥用？人的命，天注定。鸡窝里还能飞出金凤凰？"

大家都习惯了李不倒这样说话：毕竟他有六个儿子要娶媳妇，可到现在才解决了两个。

这次，解决第三个的机会终于来了。

对于我们村是不是比秋香家更偏僻更封闭这件事，李不倒心里有数，也有把握能占上风。

在媒人初次登门并例行介绍过秋香姑娘家的情况之后没几天，李不倒就乔装打扮，潜入秋香家的村子——跟小梁前隔着两道山梁的大柳树沟，村前村后转了个遍，还想方设法地，把秋香家更细致的情况摸了个八九不离十。

李不倒跟歪歪梨说了半小时，就是在讲这件事——

按说我们家老三应该好找对象，还不都是因为兄弟多耽误了。唉，怪我啊。

听说女方家在大柳树沟，我就琢磨着，我得亲自去看看，心里也好有个数。我是从小梁前翻山过去的。那条路我知道，我年轻时候割柴火往那边去过。

这一路上我越走越踏实。为啥呢？那边的山比咱们这边的山还高。

翻过了两个山梁，在山坡上能看到她家村子。我一看，糟了，人家村子比咱们村大。

进了村，有人问我是干啥的，我就说是来买猪崽的。我手里还拿了根绳子，人家一看，还就信了。

我说我是刘营的，没好说是陈家沟的。

我在他们村里里外外走了两个来回，人家村子快赶上咱们村两个那么大了。村子前面还有一大块平地，咱们村可没有。

等走完了两圈，我这心里就又踏实了。咋说呢？他们村子大是大，可是没有铁路线啊，我转了两个小时都没听到火车响，还真有点不习惯。咱们村不是半小时就过一趟火车？他们出村到县里到市里可真没咱这方便。

这么一比，这个事我是放心了。

我还有更要紧的事要打听呢。

不用李不倒多说，歪歪梨猜到了这个更要紧的事是啥。

虽然还没见过秋香姑娘，但是李不倒对自己的儿子还是有信心的：只要秋香不是仙女下凡，三田肯定能配得上。

李不倒更关心的，是秋香家的家底：有多少亩地，有多少棵果树，有多少只鸡猪牛羊……虽说他对春梅妈提出的“三天蒸一回馒头五天捞一回大米饭”嗤之以鼻，可是这一次，一想到女方可能提出的条件，他心里还是有点胆怯发虚——儿子长得俊又不能当饭吃。

他继续跟歪歪梨讲他去秋香家村子的事——

我寻思着也打听打听秋香家里条件咋样，富裕不富裕，咱家跟人家差多少。差多了咱也对不起人家闺女不是。

我一边跟村里人假装聊买猪崽的事，一边拐弯抹角地打听。这一说起话来就刹不住闸。最后，我还真打听清楚了，人家秋香家里有十二亩地、五棵苹果树、五棵梨树、一头牛。

打听到这些我就想走了，任务完成了。没想到啊，人家还想着我要买小猪崽的事呢。你说咋就那么巧，人家说，秋香家里有猪崽卖，还想带我去看看。我心想这不要露馅嘛，赶紧编了个瞎话，脱身走了。

回来这一路上我就算计，我家里倒是也有十多亩地、十二棵苹果树、一头牛。可是我儿子多啊，兄弟几个一平均，那比人家秋香家就少多了。秋香家一共就四口人。

我怕明天秋香家里来人一看，咱比人家差那么多，这事不就悬了？我这才来跟你借羊。你淑珍嫂子再去借几棵苹果树。人家家里有一头牛，咱家有一头牛外加五只羊，五只羊也能顶上一头牛吧；人家有五棵苹果树五棵大梨树，咱家要是有二十棵苹果树，也还能说得过去。

先把明天这一关过了再说。往后成不成，就看三田这小子有没有这个命吧。唉，解决一个是一个，还有老四老五老六等着我呢……

李不倒跟歪歪梨说这些的时候，淑珍也正在跟大花讲。李不倒一边讲一边苦笑，淑珍一边讲一边抹眼泪。

第二天一大早，李不倒把歪歪梨家的五只羊赶到了自家牛圈。

秋香的姑姑真的来了。带来了秋香的照片。姑姑对三田很满意。李不倒一家对秋香的照片也很满意。三田带着姑姑看了牛，牛对姑姑爱理不理的。李不倒指给姑姑看了五只羊，五只羊不知道是因为想家不高兴，还是草料喂得确实足太高兴，一直不停地大声咩咩叫，这叫声倒是给李不倒长了不少面子。淑珍带着姑姑到“自家”果园里转了一圈，十五棵苹果树的苹果结得红又大，另外五棵结得大又红，姑姑笑得嘴跟苹果一样大，淑珍的脸像苹果一样红。

“你们村就是小了点，偏了点。”姑姑说。

“其实吧，我们村说小也不小。原来上沟下沟是通着的，这不是因为铁路线给分开了嘛。对，铁路线，就打我们村里过，一头通市里，一头通北京呢。”李不倒说。

“你家的地少了点，果树和牛羊也不算多。好几个儿子，将来老三分家也分不到多少。”姑姑有意这么说。

“放心吧，五棵苹果树三只羊肯定是要给老三的，对，肯定是要给老三跟秋香的。这地呢，有嫁来的，就有嫁出去的，将来村里肯定会重新分。”淑珍赶紧接上话茬。

不知道是不是听到了什么，五只羊叫得更欢了。

姑姑一边听一边点头。

在李不倒家吃完中午饭，姑姑就要回去了。

此次考察“圆满”结束。

“大哥大嫂啊，那我就跟秋香捎个话，过几天你俩和三田来我们秋香家认个门，见个面。两家要是都没啥意见呢，顺便就把彩礼的事定下来。男婚女嫁都讲究个门当户对不是？大哥你家的条件我看也就这样了，不过彩礼的事咱还是得按规矩置备。”

“他大姑，谁说不是呢……好说好说……”

欢欢喜喜送走了“他大姑”，李老三又喜又忧地给歪歪梨家送回了五只羊。

“我想从你这买两只母羊羔，等三田和秋香结婚的时候，我家就真能有五只羊了。”李不倒跟歪歪梨商量。

大羊生小羊，五只羊的窟窿容易堵，五棵苹果树就难了，这让淑珍很发愁。还是李不倒有主意：“明年开春咱就栽上苹果树，三四年就能结果。这几年，咱每年把李老三家那五棵树结的苹果都买下来，这样咱跟秋香说这五棵树是咱家的，李老三家也不会有啥意见。对了，等将来新栽的苹果树长起来，我孙子娶媳妇就不用愁了。”

听了这话，不但淑珍，连三田，都开心地笑了。

三十年以后。

现在，我们村里的小伙子们娶媳妇，比三十年前，比上一辈，难多了。

他们面临着一个新的难题：那些姑娘们，那些小伙子们追求的对象，不管自己条件如何，也不管男方条件如何，根本就没有几个愿意生活在农村——更何况我们村还那么偏僻和封闭。

不是我们村比从前更偏僻和封闭了，而是远远近近村里的姑娘们都有机会走出村子，走出大山，见识到了外面的世界，她们的眼光、学识、心气，都变高了。

“门当户对”容易实现，可是，姑娘们已经不想生活在这样的门户里。

王三发和彩霞的儿子大帅，初中毕业后就不再上学了。前几年先是在市里的建筑工地打工，攒了些钱之后，他专门到电脑学校学习室内装修设计，后来自己在市里开了一家公司。

大帅的女朋友是他电脑学校的同学。说来也巧，姑娘和大帅的妈妈彩霞是同一个县的老乡。

在打工的头几年，大帅就和父亲王三发一起，重新翻盖了房子，只等梧桐树引来金凤凰。

姑娘第一次来大帅家里时，彩霞听说姑娘是自己的老乡，喜上加亲，拉着姑娘的手推心置腹：“闺女呀，咱们这个村子，是小了点，看着还像个大洼地，可是离火车站才五里路，走着都用不了半小时。到车站坐上火车，半小时就到市里，比咱们老家交通可方便多了。将来啊，你到市里买个衣服看场电影啥的，都是抬屁股就走的事。”

彩霞却没想到，姑娘住了一宿，第二天就想走。

姑娘跟大帅说："你家的房子再好我也不会在村里住。离着市里再近，也是山沟；再有一条铁路线穿过村子，也是农村。记住，现在农村的房子，就是用来偶尔度假的。跟你爸妈说，早点考虑在市里买房。"

大帅委婉地跟爸妈说起这事的时候，王三发叹了口气："现在的姑娘，可不是你妈那时候了……"

"是啊，不像我那么好骗了。"彩霞说。

噎得王三发直翻白眼。

大帅后来还是在市里买了房子。

跟小帅挨着。

小帅的婚事也颇费周折。

小帅长得并不帅，他在技校学的厨师，学成后在市里一家饭店工作。

下沟的小雪姑娘，在这个饭店当服务员。

上班时天天见面，休假回村返城又总是坐同一趟车，小帅渐渐喜欢上了小雪。

二娟对儿子和小雪的事很有信心："我家小帅是厨师，小雪只是服务员，厨师咋说也比服务员强，挣钱也多不少。小雪找我家小帅，一点都不亏。"

可是人家小雪才没把小帅这个厨师放在眼里："来饭店吃饭的有钱人多了，哪个不比当厨师风光？有本事你也开个饭店当老板。"

为了能娶到小雪，小帅忍着无法天天见到小雪的思恋之苦，冒着小雪不在身边而可能被别人抢走的巨大风险，跳了槽——为了挣到更高的工资。

三年以后，小帅终于开了一家小饭馆，小雪也真的从别人家的服务员变成了这家饭馆的老板娘。

小雪经常给店里的服务员小姑娘传授恋爱婚姻秘笈："现在这个年代，'门当户对'已经过时了，你们找对象，就要讲究'跃层'。"

跃层？小帅听到了，仔细琢磨这俩字的意思，一阵阵后怕。

比起小雪，歪歪梨和燕子的小女儿园园对人生有着更加高远的追求。

前几年，园园考上了省城的大学，燕子高兴得流下了眼泪："妈只上过小学四年级，你爸也只上了五年。我闺女可是一名真正的大学生了。"

大三那年，园园说想准备考研，燕子不知道啥是考研，园园解释："反正就是比我现在的大学本科还高一级。"

燕子不希望女儿"考研"："我和你爸都是小学生，你将来比大学生还要高级，找个般配的对象都不好找。"

园园笑她妈："你以为现在还是你们那个年代，小学一年级娶文盲——般配？你以为我会在陈家沟找对象？"

后来，园园真的考上了研究生，而且是北京的一所大学。

陈家沟村的姑娘们，离陈家沟村越来越远了。

所以，那些没有能力和机会离开村子的小伙子，处境越来越不妙了。

有一次回到村里，三叔陪着我，在村里走了两个来回。三叔统计了我们上沟二十五岁到四十岁没对象没媳妇的“光棍”，总共有十二个；四十岁以上的，有五个。

基本上，四十岁以上的光棍，这辈子难有娶上媳妇的机会了。最幸运的可能是，周围十里八村，不幸有人离婚，或者更不幸，出现一个年龄相仿的新寡妇。

年轻些的，如果不到城市里打工，而只是纯粹地长期地生活在村子里，更是难有机会接触到可以谈对象的适龄姑娘了。

也只有嫁到了比我们村子山更高路更难走的九寺的春梅，还念着老家村子的好。前几年，她把她的女儿又嫁回了我们村，就是我们上沟。不过，听说，春梅的女儿女婿后来做小生意做得不错，已经准备要在市里买房了。

李不倒当年给三田和秋香栽下的苹果树，在过去的三十年里，确实为三田一家的生活增添了不少滋味和收入。可是，这些苹果树，却没能如李不倒所愿，为他的孙子娶媳妇增添筹码——三田有一女一子，女儿早已出嫁，已经二十六七岁的儿子却还一直没找到对象。

再多的苹果树，也没法像当年吸引秋香一样吸引来现在的姑娘。

而那些已经三十岁的苹果树，几乎和八十多岁的李不倒一样老了。

感情的事

一年多以后，三田终于有惊无险地娶来了秋香。

又一年多以后，秋香虽然知道了为啥结婚时羊圈里只有两大两小四只羊，而不是姑姑说的五只大羊，也明白了为啥大花每次到果园里时，都要在那五棵苹果树前默默地看上一会儿，可是她并没有去找三田和公婆秋后算账。她不但理解并原谅了公婆和三田，还坚定地相信公公当初所承诺和期盼的，觉得自己和三田早晚会分到两三只羊，那新栽的苹果树能帮助自己将来的儿子在更远的将来娶到媳妇。

女人婚前在准婆家人跟前摆摆身段、撒撒娇或者撒撒野，婚后就“投降”成一家人了。

毕竟，公公婆婆分给她和三田的一间半房子实实在在地摆在那。

结婚的头几年，秋香跟着三田吃了不少苦：二田夫妻俩想另建三间房子，兄弟两家共住三间房子总是不太方便。三田夫妻有责任帮助哥嫂建房，这样他俩才有资格独享这三间。

三田夫妻越辛苦，二田夫妻就能越早建好新房搬出去。

三年多之后，秋香终于成了这三间房子的女主人。

为了帮助二田夫妻建新房，三田夫妻不但出工出力，还给了他们三百块钱。这钱是他俩东拼西凑借来的。

虽然有债务压身，可是住在属于自己的三间宽敞的房子里，秋香觉得很踏实，很满足。

那时，收音机里经常播放《十五的月亮》这首歌，秋香非常喜欢，她经常在三田跟前哼唱："军功章啊，有你的一半，也有我的一半……"

虽然燕子跟歪歪梨也像秋香跟三田那样同甘共苦，可是有一天，歪歪梨竟然打了燕子一巴掌。

那年春节，在乡文化站的组织下，我们村前所未有地举行了一场"春节联欢会"，会场就设在村小学校的操场，王校长平时讲话的地方就是舞台。

除了有三四个"三句半"，最多的节目就是唱歌了。大花家里有羊，所以唱了电影《少林寺》插曲《牧羊曲》；被算命先生说"将来有衣服是有衣服穿，可是穿的不是自己的衣服"的小兰，唱了"小燕子，穿花衣……"；王大乐呵唱了《万里长城"拥"不倒》；我的同班同学王欣欣挎着一个小荆条筐唱了"采蘑菇的小姑娘，背着一个大竹筐……”；李不倒吼了几嗓子《社会主义好》……可是，燕子，千不该万不该，唱了一首《妈妈的吻》。

燕子可能太想妈妈了，把自己都唱哭了，好几个小媳妇也被唱哭了。小孩子不懂事，问大人啥叫吻，被大人弹了一下脑壳，说这就叫吻。有几个小伙子起哄：“燕子，你应该唱‘歪歪梨的吻’……”

听说，当晚回到家，歪歪梨很生气，打了燕子一巴掌：“什么吻不吻的？还在全村人跟前唱，丢死人了！”

“我唱的是我妈的吻，又不是你的。”燕子又羞又气又委屈，哭着跑出门，到大花家跟大花诉苦。

歪歪梨去找燕子回家，大花隔着大门，说他“脑筋太封建”“打女人”，把他给骂走了。第二天早晨再来找，大花出了个幺蛾子：必须亲一口燕子，才让领回家。就当给燕子赔礼道歉。

歪歪梨亲没亲燕子，我们是小孩子，没机会看见。不过全村人都知道，从这以后，燕子不但没“封口”，反倒天天哼唱这首歌，也不避着歪歪梨——没听说歪歪梨再动过她一根手指头。

一年以后，他们的儿子竟然还出生了。

二帽子也打过媳妇。

二帽子结了婚才知道，媳妇花花尝有小偷小摸的毛病。

花花尝当然不是她的本名，她是因为眼睛贼溜溜手脚不干净，我们村里人才给她起了个外号：花花肠。

“别人家的东西她都想尝一尝。”村里媳妇们这样议论。于是花花肠变成了花花尝。

花花尝干的坏事倒也不是什么大不了的坏事，也就是今天拐进谁家菜园摘几根豆角，明天路过谁家树下摘两个苹果。

可是这已经让二帽子在村里人面前丢尽了脸。他最开始训斥过花花尝两回，后来有两次，有村里人气不过找上门来，二帽子还动手打了花花尝，可是花花尝一边哭一边说“我还不是为了咱家好”，二帽子倒感觉像是自己对不住媳妇一样。

花花尝手脚不干净，不过她倒是不懒，该干活干活，该做饭做饭，还给二帽子生了一儿一女。二帽子拿她也是没办法，干脆睁一只眼闭一只眼。二帽子管不住媳妇，关系近的人在他跟前告诫几句，大部分人不方便直说，于是连对二帽子也是“另眼相看”。

可以说，二帽子“一辈子名声，为花花尝所累”。

花花尝就这么在我们村逍遥了很多年，直到儿子长大要娶媳妇，自己快做婆婆的时候，才良心发现，主动收手。

不管外人怎么看怎么说，人家二帽子夫妻俩的感情一辈子都没受“花花肠”和“花花尝”影响。

三十年以后。

下沟的王小远，打了几年工，攒了十万块钱。他爸又张罗着借了三四万，终于盖起了一座二层楼。

盖好了房子，小远继续在外面打工，攒钱娶媳妇。

打工期间，小远认识了外地某县的一个姑娘，两人谈起了恋爱。

几个月后，小远把姑娘领回了家。姑娘看到小远家漂亮的楼房，很满意，住了下来，同时跟小远商量起结婚的事。

可是，住了不到十天，姑娘突然变卦，决定跟小远分手，态度十分坚决。

小远有些懵了，问为什么。

姑娘说："我听你们村里人说，你家盖这个房子的钱都是借的，一共快二十万了。我才不要一结婚就背上那么多债。你还是找个能跟你一起还债的人吧。"

小远赶忙解释，说根本没借那么多。可是姑娘不相信，还一再说小远骗了她。

最后，姑娘还是走了。

小远恨死了村里说瞎话害他的人，可是又不知道是谁说的。

倒是他爸看得明白些："这姑娘，就算娶到家，也只能同甘，不能共苦。散了就散了吧。"

上沟二民的媳妇亚丽，是被二民亲自打跑的。

二民十七八岁开始就经常跟村里的兄弟们一起喝酒，酒量年年增加。等到跟亚丽结婚那年，一顿喝完半斤白酒后还能再喝两瓶啤酒。

结婚后，亚丽为着下一代着想，让二民戒酒。二民倒也配合，没法一下子彻底戒掉，就一点点少喝。

不料，婚后第一个春节，二民没管住自己，可能也没真想管，三十晚上喝，初一初二初三初四接着喝，一天比一天多。直到初五晚上，又和几个发小喝，亚丽实在忍受不住，摔了酒瓶子。

二民仗着酒劲，打了亚丽。

亚丽哪里受过这个，勇敢地打了回去，还把二民额头挠出了两条血印子，然后，连夜回了娘家。

正月十五一过，亚丽提出了离婚。

村里好几个女人去讲情，燕子拿自己当年被歪歪梨打的事现身说法，说俩人现在还不是过得好好的。亚丽说："现在都啥年代了？微信里文章天天说，打女人的男人绝对不能要。有第一回就会有第二回。认错，再犯；再认错，再继续犯。我跟你受这个？还不如早点断。"

二民后悔也来不及了。

不过他似乎也没怎么后悔。

下沟的春明，主动跟对象告吹了。

春明快三十岁了，父母都已经去世。他在北京的一家物流公司打工，认识了女同事小杨并处上了对象。小杨离过一次婚。

秋收时，春明带着小杨回到村子。早晨天刚亮，春明就去地里干活。考虑到小杨第一次登自己家门，春明没叫小杨跟自己一起去，甚至也没让她早起帮自己做饭。

中午回来的时候，春明早已经又累又饿。可是让他生气的是，小杨不但没给他做午饭，根本就还没起床——人家还躺在被窝里玩手机呢。

春明强忍着不痛快自己做了饭，小杨这才起来吃。

连续三天，小杨都是这样。

第三天吃完午饭，春明主动跟小杨提出分手。

最后的结果是：假期还没过完，小杨被春明送到火车站，两人就此“拜拜”了。

大家都说春明小题大做，还拿二帽子和花花尝举例：花花尝偷东西，二帽子都没说不要人家。小杨虽然懒点，总比花花尝强。再说了，将来结了婚，有了孩子，她哪还能这么懒？你这是自己跟自己过不去。

春明却并不后悔：“庄稼人，最受不了懒人。以后真没准我天天伺候她呢。就算打光棍，这样的媳妇我也不要。”

上沟宝福的二儿子一直没娶上媳妇，宝福媳妇淑英听说了这件事，直摇头：“要是我儿子能领回一个媳妇，再懒我家也要。”她甚至还想托人找到小杨介绍给儿子，可是，春明说，他连小杨的手机号都给删了。

两个月后，小杨在大家的聊天话题中彻底地消失了。

尴尬的小孩

夏天，暑假，很热，可是那个卖冰棍的张大叔已经好几天没来我们村了。

其实他来了我们也很少会买。

张大叔骑着一辆自行车，车后座上绑着一个白色的小木头箱子，里面装着冰冰爽爽甜甜香香的牛奶冰棍。六分钱一根。

每次听到村中大道上传来张大叔“冰棍——冰棍——”的叫卖声，我们这些小孩子就像听到上课铃声一样，从各自家里跑出来，围在自行车冰棍箱跟前。

我、二鼻涕、王千铁、于大海、王大粮、王淑芬、李桂花……我们几个是一个班的。二明很少来，他在家有糖吃。还有比我们大和比我们小的，也来了，王千铁的大哥、李不倒家的老四老五、王淑芬的妹妹、坡儿、小琴、小兰、小帅……

二十来个孩子围着张大叔和他的冰棍箱，张大叔喜笑颜开。

张大叔对我们很热情。但是不知道他是喜欢小孩子，还是喜欢我们兜里时有时无的硬币。

“让我看看你的冰棍吧。”王千铁实在忍不住了，第一个跟张大叔说。

张大叔打开小木箱的盖子。

咦？怎么里面还盖着一层被子？

张大叔掀起被子的一角，几根散发着凉气和香气的冰棍露了出来。

“给冰棍盖被子，冰棍该有多热呀。”王千铁看了看冰棍，闻了两鼻子，缩回了头。

“你不买呀？”

“今天我妈没给我钱。”

“那我盖上了。”

王千铁看完了，二鼻涕也想看看。

张大叔打开小木箱的盖子，掀起了棉被。

“我只有两分钱，还要攒四分。”二鼻涕说。

“你不买呀？那我盖上了。”

二鼻涕看完了，坡儿也想看看。

张大叔打开小木箱的盖子，掀起了棉被。

“你带钱了吗？”

“我妈说等你下回来就给我钱买冰棍。我想先看看。”

“你不买呀？那我盖上了。”

坡儿看完了，王淑芬说也想看看；王淑芬看完了，小琴说也想看看；小琴看完了，小帅也挤进来说想看看……

差不多挨个都看完了，最后，张大叔的生意终于开张了——于大海掏出三个两分钱硬币买了一根。

“大叔，冰棍怎么都软啦！哎呀，冰棍化了……”

“糟了，冰棍化了。哎呀，真化了。你们这些臭孩子！”

以后，张大叔再也不来我们村卖冰棍了。

听说他跟我们村的大人抱怨：“这帮孩子，一个个都想看，还都不买。我这一次次掀被子，被子都白盖了。”

原来，围观的人多，对做生意的人来说也不一定都是好事。

上沟下沟，我的小伙伴真的很多。

多得把下沟的高路德都惹烦了。

高路德家房子背对着大道，紧挨着。房子低矮，大人手一伸，就能够得着房子的后窗户。

我们的小学在下沟村子的中间，所以下沟四分之一多的学生和我们上沟全部的学生上学放学，都要经过高路德家房后。

每天早晨从七点多开始，持续半个小时，高路德家房后的路上就热闹个不停。

高路德的哑巴傻媳妇倒是早早就起来了，坐在路边看我们三三两两地经过，还笑着跟我们摆手打招呼。

可是高路德还在屋里睡觉呢——睡不着的睡。

我们上学走路太不老实了，你追我赶，打打闹闹，喊喊叫叫。高路德睡不成，气得从后窗户探出脑袋：“你们这些小兔崽子，走道都给我安静点。”

“懒汉，还没你媳妇勤快。”胆子大的孩子冲着高路德的脑袋回一句，他向窗子外挥挥拳头，气得翻白眼。

刚刚安静了五分钟，又一拨孩子从房后经过，吵得高路德再伸出脑袋气急败坏一回。

“好好的早晨，从头到尾都让你们这些臭孩子给耽误了。”

也是，一个早晨，学生娃的热闹川流不息。

过了两天，大家突然看到高路德家房后墙上写了几个歪歪扭扭的大粉笔字：再吵我，放狗出来咬你们。

高路德家真的有狗，大家这回害怕了。从那以后，每个早晨，一拨拨的孩子走过他家房后时，都紧闭着嘴，踮起脚后跟，轻手轻脚地通过，眼睛也不敢往后窗户那看。

高路德的媳妇跟我们摆着手打招呼，笑得更开心了。

林子大了啥鸟都有，孩子多了啥事都出。

李大宝刚上一年级。他上头有三个姐姐，他这个男孩的到来是他爸妈的孤注一掷，所以在家中特别受宠。

李大宝说因为想妈妈而不想上学的时候，他妈妈给他的书包里放了三个苹果：“上完一节课你就吃一个苹果。等吃完这三个苹果，你就可以放学回家见到妈了。”

李大宝还小，他只记住了后半句。

上完第一节课后，李大宝就迫不及待地拿出苹果吃了起来——他不是只吃一个，而是连着把三个苹果都吃了。

“老师，我可以回家找我妈妈了吗？”李大宝手里捧着三个苹果核,给班主任李老师看。

他当然没能回家,被李老师留下来继续上课。

可是,李大宝的小阴谋居然还得逞了。

继续上课不一会儿,李大宝举手跟李老师报告说肚子疼。肚子疼,太疼啦,想拉屎……拉完屎还是疼……只能回家,回家找妈妈啦。

二鼻涕的事,一点也不比李大宝更有面子。

冬天快来了,北风呼呼的。我们坐在教室里,哆哆嗦嗦地跟着姜老师念课文《寒号鸟》:“哆啰啰,哆啰啰,寒风冻死我,明天就做窝。”

本来,念过“明天就做窝”,这一句就算念完了,大家也都停了下来。可是唯独二鼻涕一个人,在姜老师领读下一句之前,紧接着又来了一句“哆啰啰,哆啰啰”。

哆啰啰,哆啰啰,寒风冻死我,明天就做窝——哆啰啰,哆啰啰。

听他的声音,不像是念课本念错了或者走神了,他是真的太冷了,比寒号鸟还冷,身体哆啰啰,所以嘴上也忍不住哆啰啰。

二鼻涕发现只有自己一个人“哆啰啰”,赶忙捂住嘴巴。可是已经来不及了,大家都听见了。三秒钟的沉默和纳闷后,同学们哄堂大笑起来。

但是姜老师没笑,也没训二鼻涕。

教室里很冷了。姜老师安排每两个学生一组,轮流,早晨提前一个小时到学校，负责生炉子。我和于大海分到了一组。他很愿意干这件事。

可是，于大海真的很不幸。

那天，上午第二节课刚上课没多久，我们就闻到教室里有什么东西烧煳的味道。姜老师也闻到了，他提醒大家赶紧各自检查一下，特别是靠近炉子的同学。大家都仔细查看了，纷纷报告说没发现什么特殊情况。

一下课，姜老师刚一走出教室，我的好伙伴，好搭档，坐在教室最后一排的于大海，“哇”的一声哭了。

大家都围到他跟前，问他咋啦。

于大海坐在凳子上，艰难地把双脚抬了起来。

他抬起来的确实只是双脚，因为脚上没穿鞋；不但没穿鞋，就连每只袜子，都只剩下了脚背。

“我的袜子底下被烧没了，我的袜子，呜呜……”

于大海每只袜子的前脚掌部分都被烧焦了，或者说那化纤袜子被“融化”了。他黑乎乎又有点红红的臭脚掌，展现在大家眼前。

原来，于大海的座位离炉子有点远，他穿的鞋又太薄，冻脚。第一节课下课后，他到炉子旁，捡了两块烧过后还没碎、还有点烫乎乎的炭，拿回来放到了自己脚下。

上课后，过了一会，估摸着炭不那么烫了，他就悄悄脱了鞋，把双脚放在碳上取暖。

可是，他没想到，他的薄薄的袜子比他的脚还不禁烫。

大家闻到的焦煳味就是可怜的于大海的袜子发出来的。姜老师让大家检查的时候，他赶紧穿上鞋，强忍着大于疼痛的悲痛，假装跟大家一起说没事。

“今天是谁生的炉子？炉火一点都不旺。要不然于大海也不会弄两块炭放脚底下。”有同学正义地质问。

“是啊，袜子也就不会烧坏。”同学们大部分都很替于大海生气，可是也有个别忍不住笑的。

“是我生的炉子。”我尴尬地招了。

“还有我。”于大海垂头丧气地说。

“唉，那就不能怪别人了。谁让你自己不把煤火烧得旺一点呢。”大家对于大海失去了同情，纷纷摇着头回到自己的座位上。

只有我不得不对于大海继续表示同情和安慰。按照大家的说法，这件事也有我的责任。

可是，我不能也没有必要把我的袜子脱下来给于大海穿——我袜子的脚掌上一直有两个大洞，比他现在的坏袜子暖和不了多少。

烧坏袜子这件事，王千铁没有嘲笑于大海。倒也不仅仅因为我们都是好伙伴，我和于大海都明白为啥，王千铁的同桌郑小娟就更明白了。

我们的课桌很简陋，两个人一张桌子，没有桌膛。有的学生会带来一块木板，搭在桌面下面的四根长方形木梁上，书包就放在木板上面。大多数学生家里没有木板，或者木板长短不合适，就得另想办法。

大人们会将刚刚掰下棒子的秸秆运回家，挑选十几根粗细均匀的，去掉叶子，擦干净，削剪成一张桌子那么长，并排放好，用绳子穿绑起来，做成竹排的样子。学生拿到学校，代替木板作为桌膛。

郑小娟的爸爸就给她做了这么一个。当然，王千铁的爸爸就省事了，因为这样一个桌膛可供同桌两人共用。

没错，那做成桌膛的新鲜的玉米秸秆，是用来放书包和书本的，不是用来……

郑小娟有意无意地跟王千铁说："我们家的玉米秸秆可甜了，都快赶上代销店里的糖那么甜了。"

说者也许无心，听者真的有意。

郑小娟想不到王千铁真的会对作为桌膛的玉米秸秆下手——不，下嘴。

放学了，王千铁故意磨磨蹭蹭。等他的同桌郑小娟走了之后，他用铅笔刀割下了一截玉米秸秆——哦，怎么没有郑小娟说的那么甜……再割另一根，好像还是不甜……二明总是有糖吃，为啥我没有……

第二天一早，郑小娟来了。虽然缺了一半的三根玉米秸秆是在王千铁这边，可还是被郑小娟发现了。

王千铁东窗事发。

从那以后，每次大家到六爷子的代销店去看糖，总会有某个调皮的孩子在王千铁跟前扮着鬼脸来一句："郑小娟家的玉米秸秆是不是比糖还甜？"

大家一起笑起来，开心得就像真的吃到了店里的糖。

三十年以后。

每天早晨，张大叔都骑着电动三轮车，到我们村卖油饼和豆腐脑。油饼一块钱一大个，豆腐脑一块五一大碗。

二鼻涕、王千铁、于大海、王大粮……差不多都是隔两三天买一回。

张大叔的电动车周围，一般最多也就是围着六七个人。

“还热乎不?”王千铁第一个问。

张大叔打开盛豆腐脑的保温桶的盖子，热气和豆香味飘散出来。

“还真热乎。给我来两碗。再来两个油饼。”王千铁说。

“我就来两个油饼。家里还有昨晚剩的大米粥呢。”王大粮说。

张大叔给王千铁盛豆腐脑的工夫，王大粮自己动手，掀开了装油饼的塑料保温箱的盖子。

围在张大叔跟前的人远没有当年那么多了。村子里，也几乎再没有小孩来给他添乱。

张大叔已经习惯了生意的不温不火：这几个当年让他卖冰棍亏了本的孩子，现在已经比他那时的年龄还要大——人少了，但是他们每掀开一次保温桶保温箱的盖子，都不是游戏。

高路德家的房子早就重建了，离路边远了些，还垒上了院墙。外墙上写着镇上专门粉刷制作的宣传标语:“建设社会主义新农村”“绿水青山就是金山银山”。

高路德看到我回来,非拉着我到院里看看,到屋里坐坐不可。

“现在咱们上沟下沟啊,火车声、汽车声倒响亮,就是没啥人声。有时候好几天也不见你们上沟有人下来,更没人在我家门口大道上说话啦。你们小时候多好啊,多热闹。”

“当年你嫌我们太热闹,影响你睡觉,还要放狗出来咬我们呢。”我调侃他。

高路德的哑巴傻媳妇好像能听懂我们的对话似的,在旁边一会看看高路德,一会看看我,不停地笑着。

“上沟下沟就那几个有数的孩子上学,还都是校车接送。你们上沟那几个孩子是谁家的我都分不清,一年到头也见不着几回。有的小年轻开着车上上下下路过,看到我在大道边待着,连个喇叭都懒得摁,更别说停车跟我聊一会儿了。”

“小孩子都长大了,都离家了。年轻人也都忙啊。”我说。

“谁说不是呢。你看我家这条狗,我倒是想着它每天能叫几回,那就是门口有人来啦。可是它偏不叫,你说我留着它干啥。”

我跟高路德告别。出屋走出大门的时候,拴在院子里的狗总算叫了几声。

高路德媳妇不停地跟我笑着摆手,那情形跟三十年前一样。

李大宝在市里买了房子,他的老爸老妈还在村里住。

“再过几年走不动了,我就把他们接到市里。现在怎么说他们也不去，去了最多住四五天就想回村里。”李大宝说。

李大宝妈妈得了高血压，还经常腿疼，每天吃好几种药。

李大宝怕老妈吃药时弄错了，就在市里买回了一个分药盒。这个小东西设计很精巧：一共二十一个小格子，三七二十一，正好可以放七天每天三顿的药，每个格子上还分别印着“早”“中”“晚”字样。

“我替我妈把七天的药分好，按照这二十一个格子装好，这样我妈肯定就不会吃错。”李大宝说。

村里其他老人看到这个分药盒，都让李大宝帮忙买回一个。

“小时候上学他妈没白给他带苹果。”大家都这么说。

我们村的小学早就撤销了，因为村里实在没有几个小孩子。仅有的这几个，要到五里地外的小学上学。

当年我们步行或者骑自行车上初中，现在上小学的孩子们都坐车。我们村的王顺利专门负责全村孩子早晚的接送，他自己有一辆旧面包车，村里每个月发给他一千块钱。

从前，我们村的孩子走过五里地就能读初中；现在，村里的孩子走过五里地只能读小学，读初中要二十里地。

王千铁、二鼻涕、于大海他们几个的孩子都是在镇上念的初中。

学生要住校，家长们很关心学校里的情况，他们几个都到学校实地考察过。

二鼻涕最关心教室和宿舍里的冷暖，参观考察结果让他很满意:冬天教室和宿舍里根本不用生炉子,都安装有暖气。夏天有大风扇。冷不着热不着。

“家长同志们,现在国家特别注重农村基层义务教育。你们放心,学校的条件肯定不会再像小学课本里寒号鸟的窝似的,把学生冻得哆啰啰。”陪着家长一起参观的老师对大家说。

大家都被老师的话逗笑了,二鼻涕也笑了,王千铁、于大海他们几个看看二鼻涕,更笑了。

于大海夫妻俩给女儿新买了好几件衣服。

“女孩嘛,总要穿得新鲜好看些。”于大海思想倒是不保守。

“不过你的袜子一次买十双,也太多了。”于大海媳妇抱怨女儿。

“我才不会穿有窟窿的袜子呢,反正有了窟窿我就扔。十双不多。”女儿有自己的理。

于大海低头看了看自己的鞋袜。

王千铁到教室参观的时候特意看了看课桌,结果也让他很满意:课桌轻巧漂亮,长宽比例匀称合理;每个学生单独一个,不像自己上学时两人共用一个长条桌。

“课桌都有桌膛,设计成一体的。不用像咱们小时候拿木板或者穿棒子秸秆当桌膛了。”跟家长们年龄相仿的班主任老师笑着说。

家长们,包括王千铁,会心地笑起来。

王千铁最关心学校食堂的伙食情况。他跟媳妇郑小娟和儿子一起在食堂吃了顿饭,放心了。“连棒子面窝头都有,还有啥不能有?”儿子满意地说。

王千铁和郑小娟不放心的是儿子太爱喝饮料。王千铁从手机微信里看到过,长期喝这类东西对身体没啥好处。这回儿子开始在学校生活,没人在跟前管着,更要喝了。

“我多喝点甜的,弥补你们小时候连糖都吃不上的苦。”儿子晃着一瓶可乐振振有词。

“要喝就喝新鲜果汁,学校门口不是有鲜榨甘蔗汁嘛。”王千铁对儿子说。

离开学校出大门口的时候,郑小娟给王千铁买了一根甘蔗。

她知道王千铁肯定想尝尝——他从小就好这口儿。

小英与大亮

小英说:“今天晚上的月亮真是又大又圆啊。”

小英说:“安静!安静!我要开始为大家唱歌了。”

小英说:“我一听到‘哒,哒,哒’的声音就知道是大亮走过来了。每次我一唱歌他就来。”

夏夜,我们坐在小英家院门口的长条石凳上。抬头看看月亮,月亮并没有小英说得那么大那么圆。其实,很多时候,就算月亮只有弯弯细细的一小牙,小英也会这么说。不过我们都不会去纠正她,她想这么说就这么说吧。

“遥望家乡的小山村,小呀小山村,我那亲爱的妈妈已白发鬓鬓……”小英的歌声在夜空里唱响,随着微风,传遍了半个村子。

“这个歌都听过很多遍了,你每天都唱这首。换个新的吧。”王淑芬说。

“嘿嘿,行。那就唱个新学的,还不太会呢。那我唱了啊——小时候……嗯,不对——小时候,妈妈对我讲,大海就是我故乡……”

我们都没见过大海,就连于大海也没见过。也不知道什么是“故乡”。

但是小英喜欢唱,因为歌里有“妈妈”。

一直唱到月亮都困得躲进云里了,一直唱到小英的奶奶在院子里喊:“英——该回来睡觉了。”

“哒,哒,哒……”我们飞快地各自散去,把大亮慢悠悠的脚步声甩在身后。

小英是我家的邻居,比我大两岁。

她爱唱歌,她会唱的歌比我和其他伙伴们会的加起来都多。我们猜测,小英是趁着我们白天上学时,在家里听收音机学来的。

我们天天陪着课本,小英天天陪着收音机。

每天早晨我出门上学时,小英总是站在她家门口。她似乎能知道我要从家里出来。

“要去上学啦?”她跟我打招呼,“把你上课的书给我看看吧。”

我把课本掏出来,递到她手上。“这是语文书。这是数学书。”她仔细摸着，又打开，一页一页地翻。

“给我念念你的书吧。”她翻完了书，递给我。

我念：“滴答，滴答，下雨啦，下雨啦。麦苗说：下吧，下吧，我要长大。桃树说：下吧，下吧，我要开花。”

“真好玩。滴答，滴答，下雨啦，下雨啦……”

二鼻涕、于大海他们都从家里出来了，我们结伴上学去。

“小英，晚上给我们唱歌啊。”

“真好玩。滴答，滴答，下雨啦，下雨啦……”

小英没法去上学。

她才几个月大的时候，妈妈就去世了。奶奶照顾可怜的小英，冬天，怕她冷着冻着，就把她放在炕头，灶火烧得旺旺的。

炕太热了，可是奶奶不觉得热。这样一直到了春天——

小英的左眼睛啥都看不见了。右眼还能看到一点点。

“英啊，奶奶对不起你！还不如让奶奶替你瞎了那只眼。”奶奶哭干了眼泪。

更大的不幸还在等着小英。三岁的时候，小英自己在院子里玩，不知道为啥招惹了家里的大公鸡。大公鸡欺负小英，叨她的眼睛。千刀万剐的公鸡，早该扔火堆下油锅的公鸡，你要叨，就叨小英已经看不见的左眼，为啥偏偏去叨那右眼？不知道叨了几下，小英揉着两只眼睛哭喊：“奶奶，你在哪？我怎么看不见啦？”

三岁的小英，这以后就什么也看不见了。

以后，小英喜欢声音，喜欢大喇叭，喜欢收音机，喜欢唱歌。

小英想象中的光明和快乐，还有妈妈，都在她的歌声里。

大亮比小英大六岁。

大亮小时候，还不会走路的时候，碰翻了炕上取暖的火盆。碳碳碳，火火火……大亮失去了左边的半条腿。

后来，他爸爸用木头给他做了半条腿。一年一年越来越高越来越重的木腿。

媒人都绕着大亮家走。我们周围十里八村，没有人家和大亮家门当户对，没有哪个姑娘和大亮情投意合。

直到小英长到十八岁。

不用媒人介绍，村里的女人们闲聊时，自然把大亮和小英扯在了一起。

从此，每一次，那“哒，哒，哒”的声音从小英家大门口传进院里屋里时，小英的心和眼睛都一起明亮起来。

奶奶去世前，正式把小英托付给了大亮：

“你俩要好好的。你给我家小英当眼睛，小英给你当腿。”

小英不再唱歌，她和大亮走在一起的时候，她要努力让耳朵抓住那木腿撞在地面的声音——

哒，哒，哒……

三十年以后。

大亮和小英从市里搬回了村子。

当年他们结婚后不久，大亮到市里去学修鞋。后来，他就在闹市区一个大商厦的后面摆了个修鞋摊。这对腿脚不方便的大亮来说，是一个很合适的工作。

生意稳定后，大亮在市里租了两间小平房，把小英也接了来。

头些年，修鞋补鞋的人多，大亮的生意不错。这段时间，夫妻俩生养了一个女儿。

大亮偶尔会回村看看爸妈，可是也不住，早晨回来，吃完午饭就返回市里，他还要早点回去照顾小英和孩子。

这几年，修鞋补鞋的人越来越少，大亮有时一天也不开张。好在女儿已经成年，能自己打工挣钱养活自己。大亮和小英就回村里来了。

我想去大亮家，看看他和小英。我有三十年没见到小英了。

我提前跟大亮打好招呼：我到你家时你不要叫我的名字，我跟小英说话，看她能不能听出我是谁。

大亮盖了两间平房，政府给了补助。只是还没有院墙。

我推开房门，掀开门帘，走进屋里。我示意大亮别说话。小英正坐在炕上，听电视。

小英听见有人来，站起身，同时用手里的遥控器把电视声音调小。

我说："小英，你好啊！你知道我是谁吗？"

没错，我有三十年没见过小英了，小英有三十年没听到过我的声音了。

可是，小英沉默了几秒钟，突然大声说："哎呀，你是小辉呀！"

小英的眼睛在眨着，嘴在笑着，向着我的方向伸出手。

我的眼睛有些湿润了。

我一手握住她的手，一手拍拍她的肩膀："小英，你竟然能听出是我。"

"能听出来，能听出来。小时候咱两家离得最近了，你还经常给我念书，我咋能听不出来呢？你还好吧？"

"我还好。你也好啊，你也好啊……"

大亮和小英的生活还算好。俩人每人每月都有低保收入，还有残疾人补助。基本生活是没问题，看病也能报销大部分。

小英跟我讲，女儿已经结婚了，婆家就在五里地外的小学附近。女儿隔十天半个月的就会回来看看，女婿也经常来。"闺女跟我说了好几次了，要带我和他爸去北京玩一趟，逛逛天安门。我说我就不去了，去也看不到啊，再说出门就得花钱。他爸倒是想去，可是又担心我一个人在家，一直就没去。再说吧。"

"她自己在家我不放心。"大亮说。

大亮说他的假肢问题还是没有解决。去年初，上边来了通知，让他到残联登记，说是国家给肢体残疾人专门发放补助款制作假肢。大亮登记了，补助款也已经发下来了，可是残联又通知他说，本地的假肢厂没有适合他的型号，做不了，还得专门到北京定制。

“太麻烦了，就没再张罗。反正这么多年一直用木头的，已经习惯了。”大亮说。

小英只能用电饭锅蒸米饭，炒菜或者做别的饭都是大亮的事。他俩留我吃午饭，我谢绝了。

离开时，大亮出来送我。小英也要送我，我没让她出屋。她就站在房门口，掀开门帘，扶着门框，侧着耳朵，听着我走。这是送别的另外一种方式。

大亮跟我说，现在两个人还算年轻，身体也没有别的毛病。他就是担心自己将来老了走不动了，没法照顾小英。“两个人都需要照顾，女儿的压力会很大。”

我不知道怎么安慰大亮。

我远远地回头，小英还站在门口。我让大亮留步回去。我知道小英送走我后，还在等着大亮那“哒，哒，哒”的脚步声回家。

变老的人和事

“把绳子带上。”李建国出门前，他媳妇总会这么叮嘱一句。

就像李不倒每次上山下地都要推着小推车一样，李建国每次出门都要在腰间系一根绳子。

这根绳子不是为了拴住裤子，他的破裤子上另有一根更细的绳子作腰带。他这样是为了能随时捆一捆树枝、柴草，或者秸秆、红薯叶，扛回家。这一趟上山下地，总不能空手回来。

早晨出门时，他要是自己忘了或者这一天想偷一回懒，他媳妇总会不失时机地提醒：“把绳子带上。”

确实，作为一个四十来岁正当壮年的家中主劳力，一根绳子系在腰间，更能显现出他是多么踏实顾家，多么勤劳肯干，多么有力有为，又是多么英武利落。

“不趁着年轻时候往家里多弄回点东西，还想等老了再受累？年轻多受一分累，老了多享一分福。”他媳妇说。

李建国还算年轻，绳子往腰间一扎，身板一挺，就显得更年轻了。

我们村子也正年轻。

于文武媳妇王花枝就没有李建国媳妇那么好脾气了，她经常训斥于文武——不过这也确实不能怪她。

于文武喜欢到李万财家里下象棋，可是他有个让大家几乎无法忍受的毛病：咬象棋子。

只要他吃掉李万财或者其他对手的一个棋子，不是像别人那样自然放到棋盘一边，而是真的“吃”起来——直接放进嘴里，用牙咬，咬着，叼着，直到吃了对方下一个象棋子，再换着咬。

据说这是他小时候留下的后遗症——什么东西都想往嘴里放。

“你以后把牙咬坏咬掉了可别赖我。”李万财说。

“我这牙好着呢，坏不了。坏了也不找你。”于文武拿下嘴里的象棋子，龇着牙给大家看。

王花枝心里早就憋着火，她当着大家的面控诉于文武：“大伙说说他这人有毛病不？天天嫌我煮的高粱米粥太烂乎，说吃到嘴里没嚼劲；嫌我蒸的棒子面干粮太软和，说是吃仨也不饱，非要瓷实的，硬点的。我看他就是有病，难伺候。非要啃树皮才踏实？非要咬着硬棋子才不饿？再嫌，自己做饭去！”

大伙知道王花枝说得一点都不夸张。后来，李万财给于文武定了个规矩:再咬象棋子,就别来下象棋。

那天大军寻着鱼香味到了高稳柱家门口,想吃鱼,他妈哄他说“明天给你买鱼”,总算把他哄回了家。

接下来的几天里,大军算是记住了这事,天天哼哼唧唧缠着他妈要鱼吃。

他爸王贵爱喝小酒。这天晚饭时,大军不识时务的哼唧惹恼了王贵,借着酒劲,王贵打了儿子两巴掌。大军哭着跑出了大门,王贵气急败坏,大喊:“兔崽子,给我回来,不回来打断你的腿!”

大军他妈把大军拽了回来。当妈的到底心疼儿子,怒斥王贵:“还打断儿子的腿?看你这个当爹的没出息的熊样!你咋不说少喝点酒,省下钱给你儿子买条鱼呢?明儿起一个月别喝酒。”

王贵被骂得醒了酒劲。

过了几天,王贵还真给大军买回了一条鱼。

王大乐呵虽然已经二十岁了,可是他干的事一点不比六岁的大军光彩。

王大乐呵嘴也馋,爱吃肉,想吃肉——其实,我们村里人,哪个又不爱吃不想吃肉呢,只不过王大乐呵和大军表现得更明显更直接一点——自从李二土因为救助了赶牛过山洞出事的牲口贩子而吃到了牛肉,王大乐呵就经常一个人到山洞口转悠。

转悠了两年,也没再遇见有人赶着牛在山洞里出事,就连李老三、歪歪梨他们赶着羊来来回回穿过铁路线，也一次事都没出。

他只好把心思转到了自家猪圈。

猪圈里的那头猪，他妈妈已经喂养了半年。现在是七月，再养半年，过年时就可以杀掉，卖肉，吃肉。

可是王大乐呵实在等不及了。有一天，他趁着家里没人，拿着一根木棍，跳进了猪圈。

他倒不是想直接把猪打死，村里没有这样杀猪的。

他开始赶猪，用木棍不停地连打带吓，猪惊慌失措地在猪圈里先是转圈，然后就是乱窜，东一脑袋西一屁股，不时撞在圈墙的石头上，嗷嗷地叫。猪累得气喘吁吁，王大乐呵不停挥舞木棍，一刻也不让猪停下来——他想把猪赶死，累死。

我们村里更没有这样杀猪的。

半个小时后，猪还没被累死，可是王大乐呵已经累得快要倒在猪圈里了。

他不得不爬出了猪圈。

那头猪幸运地多活了半年。

王三儿总爱到我家串门。

王三儿是四儿的哥哥，他也有智力问题。除了吃饭、睡觉、上山下地干活，他唯一会做的就是抽烟。

他隔三差五地来我家，最喜欢盯着我正在写字的作业本。

“你的本子用完了吗？”他说话含混不清。

“还能用一个星期呢。到时候你再来吧。”我告诉他。

他盼着我把作业本用完，这样我就可以把这个本子送给他。

他爱抽烟。烟叶好弄，随便到谁家要点就能抽两个月，但是卷烟纸不容易淘到。

我用过的作业本就是他源源不断的卷烟纸。

小学五年，初中三年，我供应了他八年的卷烟纸。

我还小，八年里，也没把他的咳嗽当回事。

他的家人可能也没把他和他的咳嗽当回事。或者，根本照顾不过来。

三十年以后。

“把绳子戴上。你看看谁来看你了？”

李建国媳妇，我的发小女同学李桂花的妈妈，迈着颤巍巍的步子，一边把我迎进屋，一边对坐在沙发上打瞌睡的李建国说。

李建国从茶几上拿起一根绳子，一根很细小的绳子，哆哆嗦嗦系在了额头上，对，是系在额头上，不是腰上。

七十岁的李建国扛不动树枝、秸秆了，不但扛不动东西，连上眼皮都快扛不住了——他的上眼皮总是往下耷拉，就像没睡醒睁不开眼睛似的。

李建国自己想了个办法：吃饭、看电视，或者到外面转悠需要看人看东西的时候，就在上眼眶上面绕脑袋一圈系一条小细绳，这条小细绳帮助他把上眼皮尽量向上固定，不至于总是耷拉下来。

“我年轻时候，就凭腰上一根绳子，可没少往家里扛杂七杂八的东西。现在扛不动啦，绳子从腰上跑到眼睛这来了。”李建国尽量睁大眼睛对我说。

我不知道怎么接他的话。

我从没想过，一条绳子除了能系在腰间，还能系在眼皮上面。

我也有点弄不清：是因为村子老了，所以李建国也变老了；还是因为李建国他们这些曾经年轻英武的村民变老了，所以村子也跟着变老了。

于文武跟李建国是难兄难弟，甚至比李建国更难。

于文武刚六十岁出头，当年爱训斥他“有毛病、难伺候”的媳妇王花枝已经去世了。

他端着一个电饭锅来到李万财家。

“今天我不是来跟你下象棋的。我想让你帮我修修这个旧电饭锅。”

“我儿媳妇蒸的大米饭太硬。”于文武继续说，“每次我让她多放点水，可人家说，那是蒸米饭，不是喝粥。我还能说啥？你帮我把这个旧电饭锅修修，我自己熬点烂乎的粥总行吧。”

于文武说话口齿不清，因为他满口只剩下了八颗牙。

不过这真的不能怪李万财天天和他下象棋。

李万财给他定了规矩之后，他下象棋就没再咬过棋子。

三十年里，于文武的牙是自己一颗颗掉的。

王贵比李建国和于文武身体要好，不过，老天爷似乎真是公平的。

王贵一辈子爱喝酒，到老了，酒多，菜更多，更爱喝了。

儿子大军怕他出事，尽量控制他喝酒的次数和酒量。

王贵于是想方设法到别人家喝。特别是村里谁家有大事小情，王贵要么去随份子，要么主动去帮忙，这样可以名正言顺明目张胆地喝上一顿。让全村人害怕又无奈的是，王贵每喝必多，每多必闹事。可是一个六十多岁的人了，谁能拿他怎么样呢，只好连拉带扶地把他扭扭歪歪送回家。王贵媳妇气得大骂："以后大伙谁也别管他！喝多了摔断腿就好了，就再也没法出去喝了！"大军也生气，可还是心疼老爸："妈，看你说的，咋还能摔断腿……"

一天晚上，很晚很黑了，大军骑着电动三轮车，拉着儿子小瑞和三袋鸡饲料从外面回家来。正当到了家门前斜坡下，加快速度要上坡的时候，右轱辘突然颠了一下，像是轧到了什么。大军急刹车，车又倒回来，右轱辘又颠了一下。

只听小瑞大喊："哎呀，是爷爷，轧着爷爷了，轧着爷爷了！"

原来，王贵晚上到张开犁家喝酒，又喝多了，回来时走到自家门前斜坡下，躺到地上睡着了。

结果，在一片漆黑中，被儿子开电动车轧得右脚踝骨折了。

伤筋动骨一百天，一百天还不行，要一百五十天——王贵一口酒也没喝上。

"我想吃鱼。"王贵可怜巴巴地说。

大军赶紧骑着电动车跑到集上，给他爸买回了一条鱼。

比起李建国、于文武、王贵他们几个，王大乐呵很不幸。

王大乐呵去世的时候还不到五十岁。

他一直没能娶上媳妇。这些年，他除了在家种地，农闲时就到市里或者北京打工。早些年，工资低，工地上的伙食也不好；近几年，农民工工资大涨，他干一天活能挣两百多块。

有了钱，他终于能经常地、随心所欲地吃上肉了。

在工地时，别的工友都是集体吃饭，唯独他还要在外面买点猪头肉。大家知道他是个单身汉，没有家庭负担，时间长了也就习以为常，见怪不怪。

在家的时候，王大乐呵更是敞开了吃肉。五天赶一次集，他每次都不落下，每次都买回几斤猪肉。

大军的养鸡场里死去的鸡，他也不嫌，拿回家炖了就吃。他说只要没有鸡瘟就没事。

到四十五岁的时候，王大乐呵体重快一百八十斤了。

到工地上干活，人家嫌他胖，不爱要。幸亏赶上一个好机会，他到市里火车站擦火车。虽然工资低了些，买肉的钱还是有的。

有一天晚上回到家，王大乐呵一边喝着酒一边吃着炖肉。吃着喝着，突然脑袋一歪，倒在地上，不省人事。

送到市里医院，抢救了两天，没救过来。

医生说，王大乐呵死于高血压引发的脑血管破裂——因为吃油腻的太多，血管都快堵死了。

他只知道嘴上吃好的喝好的，却不管身体能不能接受，更不知道检查身体。

其实，我们村里人大部分都这样，只不过，最倒霉最悲惨的事，被王大乐呵遇到了。

王三儿也死了。我是从我们村的“发小微信群”里知道这个消息的。

大家说，希望王三儿到那个世界里就不要再抽烟了。

王三儿是我们村烟瘾最大、抽烟最多的人。

他这一辈子只知道吃饭、睡觉、干活和抽烟。没钱买烟，就天天挨家挨户串门，找烟抽。这些年，村里人生活条件好了，谁家也不缺那两根烟，都会主动给。

我们村在外生活工作的人，回到村里遇见王三儿，会掏出整包的烟送给他，要不就直接给他二十块钱，告诉他去二明的超市里买。

终于，两年前的冬天，王三儿突然就死了：咳嗽了大半夜，凌晨总算不咳了。早晨，他大哥发现，他已经咽气了。

我总觉得王三儿的死跟我有关。

我小学初中那八年如果狠心不给他供应作业本当卷烟纸，他也许就能少抽点烟，他后来的烟瘾就不会那么大——也许就不会因为抽烟太多患肺病死去。

不过，我似乎也没有必要太自责：三十年，在一个人的人生里，有什么事情不可能发生呢？

第四章

那些夜晚

网络网住我们村

大花和李老三一起去市里卖苹果。晚上回来走在大道上快要到家的时候，村里人却突然听到了大花的哭声，伴着李老三的责骂。

“还嘚瑟不？嘚瑟不？这回把钱嘚瑟丢了，白受一天累。败家娘们……”

原来，卖完苹果后，大花以老板娘自居，把卖苹果的钱全都从李老三兜里掏了出来，揣进了自己兜。

赶到火车站在候车室里等车的时候，大花竟然还天下无贼般地掏出钱数了两次。

下火车走回来过了洋灰筒子，大花再一掏衣兜，一沓大大小小的钞票早已不翼而飞，只剩下几个瘦小可怜的硬币。

大花突然回想起来，上火车时，有一个人的“挎包”有意无意地碰到了她好几次……

大花流着眼泪悔恨交加：“该死的小偷！以后我兜里再也不装钱了，再也不装了。饿死你，饿死你！”

李老三气难消：“你兜里能不装钱？除非下沟的水流到上沟来。”

也许以后卖苹果的钱真的都装在了李老三兜里，两年后，他从市里买回了一辆自行车。

“发财啦老三！你这车是啥牌子的？”“嘿嘿，永久牌的。”

“老三，你这车花了多少钱？”“也没多少，还不到一百五。”

“你从市里骑回来用了多长时间？”“都快俩小时了。”

“老三，过几天借我骑一回。我去老丈人家一趟。”“好说，好说。”

以后很多天里，大家看见，李老三有事没事就骑着他的新自行车在大道上溜几个来回。

“以后我也要挣钱买一辆。”王大乐呵逢人就说。

每天早晨六点半，妈妈已经把早饭做好，开始喊我起来，吃饭，上学。有时候是直接叫醒我，更多时候是打开长条柜上的牡丹牌收音机，中央人民广播电台《新闻和报纸摘要》节目中播音员清脆响亮的声音会把我叫醒。

我一边洗脸、吃饭，一边听收音机。

所以，虽然我只是个小学生，可是我知道的事很多，很大。

我们村里有收音机的人家不多。

“美国最大的官是总统，也姓李，叫李根。”我跟王千铁、于大海他们说。

王大乐呵算是我们村里的“情报员”和“大喇叭”了，家家户户有什么新鲜事，他总是能最先最详细地知道，并且总会以最快的速度传播到各家各户。不过，像我说的这样的大事，他家里没有收音机，不知道。村里绝大多数人也都不知道。

三十年以后。

大花和李老三偶尔还去市里卖苹果。

大花早就给自己和李老三的手机开通了微信转账功能。

“我兜里才不装钱呢。都存手机里，饿死可恨的小偷。”大花一想起从前丢钱的事，心里就恨恨的。

一位跟她年纪相仿的妇女称了五斤苹果，递给她一张五十元的钞票。

“微信转账吧，我不收现金。”大花说。

“我没带手机，只有现金了。”

“那你到别人那买吧。我不收现金，怕丢。”

“活了大半辈子，没见过你这样卖东西的。”妇女放下称好的苹果，生气地走了。

“都啥年代了，我还没见过你这样买东西的呢。”大花冲着妇女的背影说。

几年前，大花自从跟闺女学会不用“掏钱”也能买东西的“微信支付”，以后不管是去村里二明的小超市，还是去赶集，兜里从来不带现金。

“看吧，我都不装现金了，下沟的水还没流到上沟来。该死的小偷，高科技时代，偷不着钱，饿死他们！”大花攥着手机，一朝被蛇咬三十年怕井绳地说。

王大乐呵也整了一回“与时俱进”的新鲜事，不过他这事办得被全村人嘲笑了一番。

王大乐呵在市里火车站上班。有一天，下班的时候，他没有像往常那样坐免费的“自家的火车”，而是骑了一辆自行车回来。

“大乐呵，你这个车是啥牌子的？”李不倒问。“我还是头一回看到这个色这个样式的自行车，挺好看。”

“我也不知道是啥牌。”王大乐呵支支吾吾。

“大乐呵，在市里上班挣钱啦。这自行车花多少钱买的？我记着你早就说想买一辆自行车。”张开犁的老母亲问。

“没……没花多少钱。”王大乐呵结结巴巴。

“大乐呵，明天我想去赶集。我家的电动车坏了，反正你上班也不骑自行车，明天借我骑一回。”燕子说。

“不能往集上骑，不能往集上骑……”王大乐呵遮遮掩掩。

新车是骑回来了，可是连着好几天，包括王大乐呵休班在家的时候，大家也没见他在村里骑过一回。

这可不是他的风格。

“那不是他买的车。那叫共享单车，市里街上有很多，用手机就能打开锁，随便骑，骑一回一块钱。可是不能骑到家里当成自己的。”二鼻涕的闺女小梅从学校回来，终于为大家揭开了这个秘密。

虽然大家还不完全明白“共享单车”是怎么个“共享”法，可是小梅的话印证了大家的猜疑。

“那个好看的自行车大乐呵肯定是偷回来不想还了。”村里每个人都这么说。

几天后的一个早晨，大伙看见，本该九点钟出发去火车站坐车到市里上班的王大乐呵，七点钟就出门了——骑着那辆他原本想独享的共享单车。

“行了行了，你们别说我偷车了行不？我今儿个就给这车骑回去。还得骑俩小时，累死我了，就当减肥了。”王大乐呵说。

李不倒、张开犁的老母亲、燕子……全村人都松了一口气。

这以后，我们村里再没也出现过共享单车。

不过王大乐呵还是相当于办了一件好事：村里人都知道了“共享单车”这个新鲜玩意儿。

“你说还有这好事，自己不用买，街上到处都有，一块钱随便骑。这差点不就是共产主义了嘛！”李不倒感叹着说。

只是很可惜，这件事不久之后，王大乐呵突发脑出血去世了。

大家都说，大乐呵走得很清白干净。

不是每个人都像王大乐呵那么傻，现在，我们村里人学得可聪明了。

遇到不知道不懂的事都会去“百度”一下。

歪歪梨一直不会编筐，去找李万财想跟他学，李万财懒得动手，歪歪梨说：“不教拉倒，我自己去网上搜。”

大花也想像燕子那样做花样面食，在网上搜到“花样面食做法”，看着视频试验了几回，竟然也做得有模有样有滋有味。

还有比歪歪梨和大花更聪明的呢。

于文武嫌这几年玉米收购价低，专门跑到下沟找到村会计，让他上网搜搜明年玉米啥价格。

宝福找到二明：“这么多年，我每年过年时候给我爸妈上坟都在你家超市买纸钱。你帮我上网查查，我给我爸妈烧的纸钱他们能收到不？要是收不到，明年过年我就不买了。”

还是大亮的话靠谱些：“要是当年能上网搜搜眼睛看不见了怎么办，别自己乱动手，小英的眼睛没准能保住。”

说到这件事的时候，气氛一下子沉重起来，大家都放下手机，抬起头，轻轻叹口气。

“小英要是眼睛没毛病能嫁给你？”有人不识趣地说了一句。

大家重新尴尬地笑了，包括大亮。

因为网络的普及，我在北京知道的事，我们村里人也差不多都知道。

“2022 年冬季奥运会要在咱们国家举行。”我说。

“你说咱们市冤不？跟张家口挨着，那冬奥会咋就在人家那办没在咱们这办呢？”歪歪梨说。

村里人知道的想到的事简直比我知道的想到的还多，我赶紧转移话题。

“京沈高铁一通车，从北京到咱们市里只需要五十多分钟。”我说。

“你别看高铁只走五十分钟，可是听说始发站在北京大东边，四环外了，离市中心远着呢。我看大部分人从家里赶到火车站也得五十分钟。”二鼻涕说。

吓得我不敢说话了。

这还不算，村里人知道的事，有时候就连我这个“在北京见世面”的人都还不知道呢。

“听说那个叫王什么的女明星，都离过一回婚了，最近又离啦。”

“这事我还真不知道。”

“咳，你真是白在北京待着了，这么大个事都不知道。”

真是没面子。

不久后，让我没想到，也让全村人没想到的是，因为网络的便利和普及，我自己竟然也成了村里的新闻人物。

我写了一本讲述北京地铁故事的书，出版了，书名叫《假如你在地铁里遇见我》。我只是跟老家的三叔和老叔说了这件事，别人谁都没告诉。

出版社在几家新闻网站和一些微信公众号上做了宣传，发布了这本书出版的消息，鼓励性地总结了书的内容和出版意义，夸张地介绍了我的工作经历和取得的成绩，还配上了摄影师为我拍摄的照片。

没几天，我接到了三叔的电话："你啥时候回来？把你的书带回一本给我看看。现在你可是村里的风光人物啦，大家一聊天就夸你，说咱们村出了个会写书的能人，了不起啊。你可给叔争光了。"

"大伙咋知道我写书了？你和老叔跟大伙说的？"我问三叔。

"咳，那还用咱们说吗……村里好几个人都从手机上看到啦，一下子就传开了，现在全村人早都看到了。大伙说，咱们全市有五千多口人都知道你出书这个事了，这回你可出名了。"

我知道三叔说的"五千多口人"其实是指五千多点击量。

"对了，最好是多带回几本，大伙都想看呢。"

真烦恼——有了网络，想在我们村里保持低调都很难。

我们村的三百六十行

我们全上沟，一共只有四个人是“非农业”户口：我爸是一个，在相邻公社的政府里上班；还有三个，分别在我们镇上的税务所、供销社、造纸厂上班。

村里人并不太关心我爸他们四个人每天都具体做什么工作，只说他们是“公家人”“吃商品粮的”，并且对他们嘴里经常说的“上班”“下班”四个字无比羡慕。

在村民们眼里，世界上的人只分两类——“农业”和“非农业”，世界上的人只有两种工作——“种地的”和“上班的”。

三十年以后。

“我是个演员。”

大粮的儿子“果果”每次回到村里，村里人问他在北京干啥，他都这么回答。

“果果”其实不叫“果果”，他的真名叫王果木。他说“果果”是他的艺名，是在北京认识的一位“大师”给起的。

“果果”每次回来时，衣着打扮都跟村里人不同。

“黄头发，从两边往脑瓜顶上梳；耳朵上还钉个钉；手腕上绕着好几圈珠子；裤脚也忒短了……”村里的男人女人们议论纷纷。

说起果木的“职业”，他爸王大粮就气不打一处来：“什么演员不演员的？那是该你干的事？还说什么将来会成为下一个王宝强。反正，过了年我就不给他钱了，看他还出去嘚瑟不。”

不过果木妈素梅似乎很为儿子骄傲，还挺支持儿子的。

素梅去找张开犁媳妇闲聊天。张开犁的老母亲正在看电视剧呢，一边看还一边抹眼泪：“这家人的命忒惨了！哎哟，怎么啥事都让这家人摊上了呢！男的下岗了，他媳妇还得了癌症，看这样活不了几天了，才四十出头。哎哟，忒惨了……”

人家那边哭，这边素梅倒哈哈大笑起来：

“二奶奶，你可别替人家瞎操心了。那都是假的。我家果木就是演员。我儿子说了，那电视剧呀，不是真事，都是人编出来的。这家人出啥事，谁该说啥话，都是事先编好的，再找演员演出来。现在呀，除了我儿子演的电视剧，别的我都不看。咱们真傻，看着电视剧哭哭笑笑好几十年……”

“果果”是我们村的农业户口，可是他又确实是个演员：已经在三部电视剧里扮演过角色了——虽然三部戏里露面的时间加起来总共不超过十五秒钟。

“我儿子是个演员，咱村里开天辟地头一个。”这句话，素梅在村里不知道已经说过多少遍了。

大家问“果果”当演员挣了多少钱，“果果”和素梅却从来不说。

在村里人眼中，已经二十六七岁的大勇跟“果果”一样不靠谱，甚至比“果果”还神神叨叨的。

大勇还没找到对象，偶尔出去打打工，也是三天打鱼两天晒网的。

“他就是懒。打工嫌累嫌挣钱少，总想着不受累就能挣大钱。”大勇他爸在大伙面前也这么说。

夏天，村里很多人都出去打工了，大勇却突然从外面跑回了家，说是找到了一个发财的门道。

这以后，他天天拿着手机和自拍杆在村子里转悠——他在搞“网络直播”，想当“网红”。

“天天把自己捯饬得光光花花的，不干活，这跑那颠的，能挣来钱？这不就是过去说的二流子嘛！”村民们说。

大勇可不在乎人家的议论。

自从做起“网络直播”,他倒是比以前勤快了不少。

他早晨天不亮就起床,跑到东山顶或者鹰梁上直播“太阳照耀陈家沟”;到铁路线南边的山坡上,拍“火车大幅度转弯”;到李万财家,直播“乡村手艺人编荆条筐”;到李老三家的羊圈旁,直播“大花大婶剪羊毛”;还去了张开犁家的枣树园,一边吃着刚刚摘下来的大枣,一边说“酸酸甜甜就是我”……

大家都不明白大勇怎么才能靠这些玩玩闹闹赚钱。大勇说:“我在培养粉丝,说不定哪天我就红了。”

大家也并不明白他嘴里的“粉丝”是个什么丝,“红”是怎么个红。

大勇拍摄的视频中,点击量最高的有两千多。那天中午,大勇转悠到了卖豆腐的王盐白家附近,只见下沟高道德的哑巴傻媳妇,正趁着王盐白家没人而在他家门口干一件大事:她把路边三朵芍药花中最大的一朵一下子拧了下来,迅速放在上衣襟下面盖住,然后小跑着溜向洋灰筒子。

此刻,王盐白夫妻俩正在下沟卖豆腐。

这个傻女人原来并不傻。

大勇正好目睹并拍下了她偷花的全过程,他把这段视频起名为“女人都爱花,偷花不算贼”,没想到还小小地火了一把。

村里人却对大勇这个“从没听说过的新职业”并不看好:

“拍这些玩意儿还能卖钱?谁给钱谁傻。”

“反正咱们村里就这点事,都拍完了还拍啥?能长期当饭吃吗?”

秋天,大勇不得不暂时放弃了网络直播,重新回归作为一个村里人的"正常生活"——跟着他爸一起去收秋。

"我以后还会干这个的,挣到钱的有的是。我现在主要就是没有自己的'核心产品'。"大勇说。

大勇跟村里人说这番话的时候,年龄大的都摇头叹气,说"这孩子走火入魔了",年纪轻的都竖大拇指点赞,说"耶!你是最棒的"!

"果木跟大勇就没干过靠谱的事。没想到以前靠谱的立松现在也不靠谱了。"大家对立松的议论,在村子里都快持续一个星期了。

我们村的立松早就在市里安了家,也把老爸老妈接了过去,不过前几天,他突然开着车回村里来了。

立松比我大五岁,是我们村第一个"包工头",早年在市里盖过好几栋楼,村里几乎所有的青壮年劳动力都跟着他干过活。大家从立松那里挣到了些钱,立松更是发了财,早就在市里买了一栋大别墅。

"立松可是个好人,有啥活都先想着咱村人。最难得的是从不拖欠工资。"李老三说。

"是啊。我家二田盖楼,立松还给送过来不少材料呢。听二田说都没跟他要钱。"二田盖楼这事都过去七八年了,李不倒还念念不忘立松的好。

可是,这一回,立松回村里,好像并不受大家待见。

立松跟大伙说:"我这有个拆迁的工程,需要三四十人。大伙能干得动的,尽量跟我去。工资绝对不拖不欠。"

“啥？你不是一直在盖房子吗？这回是要拆房子?”于老大问。

“盖房子能挣钱，这拆房子也能挣钱?”李不倒不能理解。

“这你们就不明白了。有盖就有拆，有拆才有盖。拆是为了盖得更好。唉，没法跟大伙说清楚，这里边门道也多。反正只要跟着我干，肯定不会让大伙吃亏。”

村里几个年轻些的倒是有点兴趣。于大海问：“拆迁干一天多少钱?”

还没等立松答话，于老大训斥儿子：“盖房子能去，拆房子的事不能干。多少钱也不能去。”

立松有点急了，辩解说：“我这可是正经项目。违法的事咱哪能干?”

“我活了这么大岁数，只知道盖房子是个营生，能挣钱，还真不知道拆房子也是个营生。”李不倒摇摇头，拄着拐走了。

于大海看看他爸，拍了拍立松的肩膀说了句“你去别的村找工人吧”，也走了。

最后，以前这些跟着立松盖过房子挣过钱的人，没有一个跟着他去拆房子。

“这都啥年代了？老思想，还能与时俱进不？不拆，怎么建……”立松把烟头扔在地上，踩上一脚，气呼呼地钻进汽车，也没鸣笛，一溜烟走了。

长岭从北京回到村里的时候，可比“果果”和立松受欢迎多了。

“我得找他帮我剪剪苹果树枝。”李老三说，“听说他是专门研究植物的。”

“你快拉倒吧。”张开犁说，“人家一个大科学家，给你去剪枝？也太没技术含量了。我想让他帮我嫁接果树，枣树枝嫁接到梨树上。这要是成功了，也算是一个科学成果嘛。”

“我得问问他，我家门口路边那片青稞，用开水泡叶子洗脚，对我腿上的病管用不？”李万财说。

……

长岭是下沟的，是我小学同班同学的弟弟。他是我们陈家沟村有史以来学历最高的人——植物学博士。

村里人并不清楚“博士”是个什么名号，但是都隐约知道，“博士”要比“大学生”还有学问得多，“应该能算得上一个科学家”。

长岭在北京一所大学当教授。每年寒暑假都会回老家村里住上十天八天。

我回村在下沟转悠的时候，碰上了长岭的哥哥，我的小学同班同学。他没能像弟弟一样考上学，一直和父母生活在村子里。

“还别说，剪枝嫁接这些活，我弟弟上大学的时候都实习过。不过他现在主要是教学和搞科研，具体我就不懂了。”

长岭上大学时读的是我们省的农业大学，那时他的人和他的专业还带着农村和农业的气息。不过随着学问的增加，当然，也随着时光年复一年地远去，他这个植物学博士，如今回到村里时，只是礼貌地跟大家打打招呼，并没有真的去给李老三剪枝，也没有给张开犁嫁接果树。

他终究离我们村子,离村子里的人,离村子里的土地和土地上的植物们,越来越远了。

于游游是我们村最见过世面的人,或者,说他是我们整个"高新区"最见过世面的人,恐怕也不会有几个人反对。

于游游比我小六岁。他大学读的是一所海洋学院的"轮机工程"专业。

"一个破砂轮有啥研究的,还要专门学好几年。通上电谁都会用。"于游游家的老邻居李芝麻说。他认为"轮机"就是工地上干活用的电砂轮。

"多拆卸几回就会修了。跑那么老远专门花钱学好几年,还不如回来跟我学。"李万财经常帮助村民们修理三轮车电动车,他认为"轮机"就是电动车汽车的车轮子和发动机。

直到于游游毕业在"远处"参加工作之后,大家才知道,于游游是"开船的"。

"不是在长江黄河上开船,是在大海上开,大货轮,好几层楼高,全世界各地都去。美国,英国,新加坡,非洲,都去过。"于游游的爸爸说。

李老三很羡慕于游游的工作:"人家这辈子可没白活。咱们就到过百八十里远,于游游一出海出国就是几万里。全世界都走遍了,可算开了眼了。"

于游游的工作单位在我们省的一个沿海城市,不过他把家安到了我们本市。他的工作性质比较特殊,出一趟海,来来回回就是半年。回来后就"上岸",在家歇半年。

不过，我们村里人也有为于游游担心的。比如李不倒每次见到于游游，都要问一句："你会游泳不？可别掉海里去。"于老大的说法代表了村里大部分人的心思："在海上一待待半年？那可咋活？要是我啊，下了船到地上可能都不会走路了。"

担心是担心，不过村里很多人都有着和李老三一样的想法：跟于游游到大海上坐一回船，到外国开开眼——也顺便试一试，看看人离开土地是咋活着的。

国家政策真是好

李不倒、王老五、大亮、李万财几个人碰面时,话题主要就是围绕着补助。这几位是我们村里享受国家高龄补贴、低保、残疾补助、“五保”等政策人员。上级建立了一个微信群,让大家每月集中在固定的几天里,在群里报到一下。

几天后,钱就打到银行卡上了。

“我活了一辈子,都没想着白拿别人一分钱。上岁数了,干不动了,国家还能给咱们养老钱。这在以前,想都不敢想啊!”李不倒激动得手中的拐杖都快飞上了天。

我们村修建了社会主义新农村公共厕所。

这个厕所到底是公家花钱修建的,那样式,那装修,比村里许多人家的房子还要好。

李不倒听说了，拄着拐杖，从上沟赶到下沟，专门去体验了一把。

“哎呀，拉不出屎呀。地面都是干干净净的白瓷砖，那个桶也是白瓷的。墙上还有镜子。这哪是拉屎的地方。”

“那你到底拉没拉？”有人问。

“坐在那个桶上，真是别扭。谁坐着拉屎啊？使不上劲。没拉出来，尿了一泡尿就回来了。对了，尿完尿还得用水冲，你说这多浪费水。这不等于尿泡尿也得花钱吗？”

村里还有几位上了岁数、没住过楼房的村民，也都陆陆续续去体验了一把。

“这是社会主义新农村配套建设项目。大家到公共厕所去拉屎尿尿，也是对国家惠民惠农政策的大力支持。”村干部这么一说，因为腿脚不方便而没有专门到下沟去拉屎尿尿的李万财和大亮，都觉得怪不好意思的。

别人或慢悠悠或急匆匆经过洋灰筒子去下沟参观体验新厕所的时候，高稳柱正喜忧参半地往北沟三道坡的地里赶。

原来，市里电力部门架设的风力发电输电线要从高稳柱的“一亩三分地”上空经过。

没错，是输电线要从他家地的上空经过，不是把电线杆子埋设在他家地里。

“电线杆子埋在农田里，给农民补偿是理所当然。可这电线从我家地里上空经过，我就没有损失吗？”高稳柱质问施工队头头。

“又没占你家地，能有啥损失？”头头说。

“有啥损失？你看看对面那片山坡的地里，很多人家都栽了树。我这块地今年是种的棒子，可是我岁数也大了，这块地我根本就不想再种庄稼了，明年我想栽大叶杨呢。现在你们架了电线，这回好了，我要是真栽树，几年长起来，顶到了电线，你们电力部门肯定不同意，树还得砍。所以我这地肯定不能再栽树了。你们说，这里里外外的，我是不是有损失？你们就看眼前，替我这个老农民想过几年后的事吗？今天，这事不解决好，电线就别从我家地上边过。”

施工队头头是个戴眼镜的人，他本来还想争辩，可是他的十多个工人，那些跟高稳柱一样不戴眼镜的农民工，听了高稳柱的话，全都默默地放下了手中的活计。

同样作为家里有地的农民，他们很理解高稳柱。

头头仰头看看天，低头看看地，又无奈地看了看高稳柱，然后掏出手机，打了一通电话。

几分钟后，头头告诉高稳柱，让他拍下这块地的照片，说明情况，提交到村里，将来有关部门会到村里核实，然后统一给占地的村民发放补偿。

“领导说了，你这个‘占天’的，也按照占地的标准补。”头头说。

“苍天在上，这样才公平嘛。”高稳柱语气缓和下来，和头头，还有每个农民工兄弟都握了手。

每个农民工兄弟，都向他投来钦佩的目光。

万祥是我们村里社会主义新农村建设最直接的受益人。

按照上头的安排,我们陈家沟村要找两个人担任村里的保洁员,一次签两年劳动合同,主要工作任务就是维护穿过陈家沟全村两公里长的“大道”的卫生。保洁员每人每月工资一千八百元,每周日下午放半天假,“洗洗衣服什么的”。

初定的人选之一是我们上沟的万祥,就是曾经盖房盖到半道又换地方重建的那位。山咀也选了一个人。

万祥六十岁了,是个单身汉,人老实巴交,不爱说话,见到人只是嘿嘿笑。村里愿意选这样的人干活。

本来,按照国家有关政策,年满六十岁的万祥可以享受“五保”待遇,每年能拿到五千多块钱的五保补助。万祥提出想当村里的保洁员的时候,村干部提醒他:“你要是当保洁员,每月有一千八百块钱收入,就不符合国家五保政策了。你想好了,到底干不干?”

万祥其实心里有数:“我要是当保洁员,一年能有两万块收入,五保才五千多。我现在还能干,就当保洁员吧。”

“那你要是生病,医药费就不能按照五保政策报销了。”村干部说。

“我现在身体还行,干两年没问题,出不了啥事。”

说是这样说,万祥还是祈求老天爷保佑,这两年里身体千万别出什么意外。“要是能平平安安干完这两年,我就等于多赚了三万块钱。”

小英的爸爸王收成看东西模糊不清,到镇上一检查,说是双眼都得了白内障,需要尽快做手术。

医生说做手术一共要花三千多块钱,王收成有些舍不得。

小英专门跟大亮一起回到娘家,劝他爸做手术:“多少钱都得花。你不能跟我一样啥也看不着啊。”

小英的话勾起了王收成的伤心事,他拉着小英的手老泪纵横:“英啊,爸这辈子对不起你啊!”

正当王收成谋划着去市里医院做手术的时候,在市里工作安了家的小帅为王收成也为全村老年人带回一个好消息:市里有一家眼科医院,“为弘扬红十字精神和中华民族尊老、敬老、助老的传统美德,联合北京知名眼科医院,邀请经验丰富的眼科专家,开展‘扶贫助残光明行’公益活动,免费为本地区白内障患者实施手术”。

“真有这样的好事?治病不收钱?”王收成不相信。

“对,国家支持的公益项目,做手术和住院都不收一分钱。你就准备三四天的伙食费就行。我上下班天天路过这个医院,是真的。不过你得先到村里开个证明,证明是咱村里人。”

王收成开了证明,和儿子一起去了市里这家医院。详细一问,情况和小帅说得一点不差:免费检查,免费住院,免费做手术。当天,王收成就被安排住院,做术前检查,第二天正式做手术。

三天后出院的时候,王收成高兴地告诉儿子:“看东西确实比以前清楚了。”

王收成治病没花钱的事在村里“传为美谈”。其实大伙最开始还是不太相信,听王收成回来后讲述全部的经过,这才信了——“一共就花了两百块饭钱。”“医生护士的态度好着呢，一口一个大叔。要不是人家说可以出院了，我还真想再住几天。”

李建国听了，扶了扶眼皮上的绳子说：“唉，我这眼睛，要是得的也是白内障多好。可是人家医生说我这不是。”

小英来看他爸，王收成又伤心起来：“英啊，以前咱家条件不好，爸也不懂咋给你看病，害了你一辈子。要是搁在现在，国家政策好，医院技术高，咋说也要把你的眼睛治好。爸对不起你啊！”

小英倒是没想那么多——国家能免费给她爸看病治病，她已经很满足了。

这些天，王老五的心情就像王收成做过手术后的眼睛那样亮堂。

王老五已经60多岁了，也是个光棍。他人不傻，还很聪明，能说会道，年轻时候长得也不差，没娶上媳妇，是因为当年家里兄弟多，没房子。

现在，他一个人住着三间老房子。

“他年轻时候要是自己能盖上这么三间房子，保证能娶上媳妇。”大家私下里都这么说。

村里新传达了上头的一项好政策：国家支持贫困农户进行“危旧房改造”，符合条件的家庭最多可补助危旧房改造资金八千元。户主提交情况说明、房屋照片等材料，上头来人实地考察审核；审核通过后，户主自行施工；改造结束，上头再来人检查验收；确定情况属实合规后，最多可发放八千元改造资金，如果超过八千元，超出部分由户主自己承担。

王老五第一个报名提交了材料。

“要是花不了八千块，比如我就花六千块钱，剩下的两千块就是我白得的了。”王老五说。

“不对。”村会计纠正他，“你要是就花六千块，上头也就只能给你六千块。花多少补贴多少，但是最多是八千块。”

王老五脸上有点尴尬，不过很快又重新露出笑容：“那我就按照八千块的标准。多了我也不掏。反正不用自己花一分钱。”

王老五以前经常在市里打工，采购建材、房屋施工都是内行。不到半个月，他家的危旧房改造工程完工了。

“材料费加上人工费，不多不少八千块。我自己的人工费我都没算。”王老五跟村会计说。

表面上看起来，王老五的“新”房子确实比原来敦实漂亮多了。

“就是岁数忒大了，要是年轻二十岁，没准还真能找到媳妇。”大伙半开玩笑半认真地说。

王老五站在新房子前，跟大家一起笑着。

他觉得自己好像赚到了，又好像根本没赚到什么。

不过他倒是承认：“老了老了，还真赶上好时候了。国家的政策真是好啊！”

那些夜晚

一年四季，我家吃晚饭，总要比村里别人家晚一个小时。

夏天的傍晚，七点钟，村民们都已经吃完了饭，陆续来到当街大道，乘凉聊天。

这个时候，天还亮着。我，或者妹妹，或者弟弟，站在我家大门口，向铁路线跟西山根的交汇处张望。

过一会儿，就会飞快地跑进屋子，开心地报告：爸回来了！爸回来了！

我们三个同时跑出屋，一起站在大门口，盯着三百米之外的铁路线上，一个模糊但笃定的身影，推着一辆自行车，从路基崎岖的坡上慢慢走下来。

爸在山洞那边的公社工作，上下班要骑自行车沿着铁路线走一个小时，其中，要花十五分钟推着自行车穿过那个山洞。

爸不是每天都回来，因为要经常在单位值班。每天傍晚，我和妹妹、弟弟都会到大门口张望，如果赶上谁看到爸回来，进屋里通报，就像立了大功。

这个时候，妈开始在院子里放好饭桌，端上饭菜。我们三个，摆好五只小板凳。

三五分钟以后，爸的自行车铃声就在大门口响起来。

再过三五分钟，我们一家五口人的晚饭开始了。

等放下碗筷的时候，月亮开始慢慢升起来。

但是，有时候，爸是顶着月亮回来的。

爸是“非农业”户口，没有责任田，妈和我、妹妹、弟弟都有。爸平时上班，只有妈一个人忙地里的活，干不过来，于是爸下班后，有时并不回家，出了山洞，直接拐进北沟，去地里干活。

一直忙到天黑下来，月亮升起来。

那些年，我家的地里，经常藏着一把锄头和镰刀，以备爸随时去干活用。

爸一个人，有时是我们一家人，顶着月亮从地里回来的时候，大道边的村民们聊得正热闹，小孩子嬉闹得正欢。

只要是爸回来的晚上，不管多晚，我们都高兴。

更早几年，还没实行家庭联产承包责任制的时候，生产队经常会在晚上分东西，这时候如果赶上爸不在家，妈就会很为难。

因为更早几年，我和妹妹弟弟更小。

天已经黑了，这时候村里的大喇叭响起来：今儿晚上分苹果，今儿晚上分苹果！现在各家到场院去分苹果，过时不候。

社员们白天把苹果收回来，会计要统计、过称，计算出每家每人能分多少。这些准备工作做完，天早就黑了。

妈要带着一个筐或者口袋去分苹果，叮嘱我：看好妹妹和弟弟，妈很快就回来。

妹妹和弟弟倒是很听话，不用怎么特别照看，可是，我这个六七岁的"老大"，晚上没有大人在家，害怕啊。

妹妹弟弟还小，他们还不知道害怕。

妈把屋里院子里所有的灯都打开，然后指着场院的方向说："你看场院那边，也亮着灯呢，妈就在那分苹果。一会儿就回来，不怕。"

妈出门的时候，把大门也锁上。

可是，对于小孩子来说，对夜晚的害怕是一种感觉，藏在心里。

就在我觉得玻璃窗上房门外院子里很可能会突然出现一个吓人的鬼怪，越想越怕正闭着眼睛哆哆嗦嗦快要哭出来的时候，妈终于挎着苹果筐回来了。

这个晚上，苹果是对我最好的安慰和奖赏。

后来，责任田和果树分到了各家各户，妈不用晚上去分粮食分苹果了，可是，秋天，冷飕飕的晚上，我们全家又有了新任务。

白天，爸和妈用小推车，把棒子一车车从山上地里推回来。

暂时来不及处理，就都堆在院子里。

晚上，院子里灯火通明。我们全家齐动手，把还没剥掉外皮的棒子挨个剥掉，整齐地摆放到棒子垛上。

这个活倒是不累，可是棒子多，很费时。妹妹和弟弟跟着忙活一会儿就懒得干了，老往屋里跑。

妈说："过年想吃饺子大米饭不？想吃就好好干活。卖了棒子，才能买大米白面。"妹妹和弟弟一听，又出来装模作样地坚持一会。

我一直坚持到实在没有了耐心，阵阵冷风又吹得我冻手冻脸，于是跟爸妈提出收工回屋。

我们三个上炕钻进暖暖的被窝，不一会就睡着了。院子里依旧灯火明亮，我们不知道爸妈一直忙碌到几点，但是第二天早晨起来一看，院子里收拾得干干净净，棒子垛已经垛得老高老高。

这是我们全家一年的收获。

冬天，我们喜欢这样的夜晚。

妈趁着烧火煮猪食的机会，把炕烧得热热的，我们三个钻进被窝的时候，被窝里就暖暖的。

早早钻进被窝不是要早早睡觉，很大原因是为了躲避寒冷。妈喂完了猪，收拾完毕，也上炕来。

我们睡热炕头，妈睡炕梢。

不过妈还不能休息，还有事情要忙。妈一个人做我们全家五口人的棉袄、棉裤、棉鞋，做不过来，也许都上冬了，还没做完。

妈会到下沟姥姥家门上，请大舅妈帮着做。这样的夜晚，妈一边和我们说话，一边不抬头地忙着穿针引线。

妹妹和弟弟总是要问妈明天早饭吃什么，会不会有二米饭，或者下一顿馒头什么时候蒸。我这个老大当然不会像妹妹弟弟那么馋，那样爱给妈添麻烦事。我知道我家盖了新房子后，还欠着别人家的钱，我会帮妈分忧，问妈咱家还欠别人多少钱，要多长时间才能还完。妈说出一个数字，其实我也不知道这个数字算多算少，需要爸攒多长时间的工资，也许还要补上卖棒子的钱吧。

我替妈着急了一会儿，然后就忘记了这个数字。妹妹和弟弟已经睡着，该轮到我睡着了。

我不知道妈几点才放下手中的针线开始睡觉。

我一直清楚地记得一个夏夜。

我爱听收音机，家里的牡丹牌收音机每天带给我新鲜和快乐。

夏天，晚上八点钟，我经常会收听中央人民广播电台的新闻节目。倒不是我多么懂事和关心国家大事，而是这个频道的声音最清晰，其他的台，一般都会有杂音。

有那么两年，半小时的新闻结束之后，有一个《今晚八点半》节目。这是一个综合的文艺节目，会播出诗歌和散文朗诵，我很喜欢听。

那个晚上，夜风送来播音员的一篇配乐散文朗诵，一字一句，如繁星从天空飘落，在脑海心田排成美丽的图案：

记不起从前的哪一天，我对你说的第一句话是：不要问我从哪里来。

后来的有一天，我又对你说了最后一句：不要问我到哪里去。

……

我被播音员深情感人的声音吸引，牢牢记住了这篇配乐散文的题目：《为什么流浪，流浪远方》。

我却并没有去多想，作者是谁，在哪里，是怎样的一个人……

有一段时间，每个星期六的晚上九点钟，河北人民广播电台有一个时长半小时的听众点播的音乐节目。

如果是夏夜，九点钟还不算太晚。我会和妹妹弟弟坐在院子里，旁边放着收音机，伴随着一些杂音，收听一首首好听的歌，比如蒋大为的《牡丹之歌》，郑绪岚的《牧羊曲》，苏小明的《军港之夜》，朱明瑛的《大海啊故乡》……

可是，如果是冬夜，九点钟就有些晚了。

通常，八点半的时候，如果妈不做针线活，就要让我们熄灯睡觉了。而我，还想等到九点钟。

我把收音机放在枕头上，耳朵旁，尽量放小声些，不至于影响到爸妈和妹妹弟弟。可是，声音太小的话，没几分钟我就会睡着了。

我只好在黑暗中坐起来，披上棉袄，拥着被子，靠着墙，瞪大眼睛，静静等待时间一分一秒地过去。

我就这样一直坐到九点钟。好听的音乐声飘出来，即使声音小一些，我也不再困了。

我确实喜欢那些旋律，在那几年里，在那个年代里，百听不厌。

九点半，我不舍地关上收音机，悄悄地睡下。

两三年以后。

一天傍晚，爸回来了，自行车后座上竟然绑着一个大大的纸壳箱子。

我们不知道是什么，可是又似乎隐隐约约知道是什么，可是又不敢相信真的会是。

爸故作神秘地笑了笑，然后，在我们好奇又忐忑的等待里，一层层打开了箱子。

真的是一台电视机！

我们都高兴得欢呼起来。

那是我们长那么大最开心最激动的一个夜晚。

这以后，很多个晚上，我都有事干了——

爸做了一个电视天线，绑在长长的木杆上，立在院子里。可是这个自制的信号接收器接收到的电视画面效果很不稳定。

好节目要开始了，为了让电视机的声、像效果达到最佳，我不得不费力地扛着天线杆子，在院子里靠着院墙不停地移动。妹妹和弟弟在屋里监视着屏幕，直到他俩齐声向我大喊："好啦，这个位置最清楚。就立在那吧。"

我把木杆固定好，回屋一起看电视。

这时,伴随着激动人心的奇幻美妙的音乐声,蒋大为演唱的《西游记》主题歌《敢问路在何方》嘹亮铿锵地满屋满院子响起来。

第二年的秋天,我踏上了去往县城读高中的路。

我知道我从哪里来,但是我并不清楚以后更远的路,我会到哪里去。

从这个秋天开始,村子的白天和夜晚都不再属于我,我也不再属于白天和夜晚的村子。

三十年以后。

感谢网络。我上网查询当年听到的那篇散文《为什么流浪,流浪远方》,竟然真的查到了作者的名字、简介和履历。

这位十五岁就离开城市家庭到农村插队的女作家,在后来的后来,真的去了越发遥远的地方——万里之外的欧洲岛国。是年轻时那篇关于流浪和远方的文章,在以后的岁月里一直牵引着她,跨越人生的万水千山吗?

我想,一定是的。

我要送给她迟到的祝福:祝福她的远方不叫流浪;祝福她的远方能够成为她的另一个故乡。

就像我一样。

爸妈和弟弟一家住在北京西南郊。每次我和妹妹去看他们,走到楼下,爸总在楼上往我们的来路张望。

上楼进了屋,侄女贝贝和小侄子宝宝看到我们来了,争先恐后飞快地跑向厨房,向正在忙着做饭菜的奶奶报告:“大伯和姑姑来了！大伯和姑姑来了!”

就像三十年前的我、妹妹、弟弟一样。

我给爸妈和孩子们带来了苹果,还有别的很多很多好吃的。

“花钱买的苹果倒是比分的好吃。”妈笑着说。

宝宝拿着一个苹果问:“奶奶,我们幼儿园里每天都分苹果,你小时候也分过苹果吗?”

“分过,分过。你爸爸,大伯,姑姑,都分过。”妈说。

我和妹妹在弟弟家住下来。

妈问我和妹妹:“明天想吃什么?妈给你们做。”妹妹说:“我想吃二米饭。”我说:“我想吃妈蒸的馒头。”妈说:“好,好,都做,都做。”

贝贝和宝宝坐在沙发上,他们开始看电视剧《西游记》,1987年版。

他俩争抢着遥控器。

其实,音乐声响起之后,遥控器几乎用不到了。

电视画面和声音都很清晰,没有一丝模糊和杂音。

不像三十年前。

我们一起看电视。

三十年里,这样的夜晚,是难得的夜晚。

可是,我不知道,爸和妈,在几点钟的时候,靠着沙发睡着了。

三十年以后

春节之前，我在村子里，让老叔陪着，一起到各家各户去转一转。

李老三和大花正在院子里挑苹果，装筐，要拿到市里去卖。

“再过几年，我们想去市里卖苹果也拿不动了。大城又懒得管。”李老三说。

他俩在市里卖苹果是三块钱一斤，可是，大花说，已经定居在南方大城市的女儿佳佳去超市里买苹果，要五块钱一斤。“我想给闺女寄点苹果过去，可一算，这省下来的钱还不够快递费呢，算了吧。”

他们的儿子大城一家三口早就搬到市里住了。大城现在不管伺候果树,也不管摘苹果,更不管卖苹果。

“只管吃。”大花生气地说。

李老三夫妻俩应该欣慰,近处的儿子还能吃到自家的苹果。

远离了陈家沟的女儿,已经吃不到“家乡的味道”了。

高稳柱正在院子里打扫卫生。“要过年了嘛,屋里屋外要好好收拾一下。还要贴上春联。灯笼就不挂了,一个人挂太费劲。”

二娟不在家,这几年一直在市里儿子小帅家帮着带孙女。年前大扫除的事只好高稳柱一个人干了。

忙完之后,高稳柱也要去市里,跟二娟和儿子一家三口一起过年。唯一的儿子的家,当然也是他的家。

不出意外的话,以后几十年的每个年,他和二娟应该都是这么过。

于大海和他爸于老大也在收拾院子。

于大海取下一把挂在房子山墙上的锄,问他爸:“这回,这把锄该收起来了吧?”于老大接过锄,捋了捋锄把,又在手上颠了两颠,拿着慢悠悠地走向院墙角的小棚子。

“是该收起来了。这辈子再也不耪地啦。”

“就是李老三砍来的那把锄。”老叔说,“于家爷俩商量好了,明年不种地了。于老大总算同意了。也是,这么大岁数了,忙活一年挣不了三千块钱,万一再磕着碰着摔一跤,不值得。”

于大海终于让他爸的那把锄退休了。

于老大也总算承认自己是该退休了。

歪歪梨和燕子的女儿，正在北京读研究生的园园放寒假回来了。园园暑期就要毕业，现在已经在北京确定了工作单位。对象的问题不用她爸妈操心，读大学本科的时候就谈上了，是“远处的”，现在人家也是研究生。

“明年春节，我就接你们到北京过年。”园园说。

“哪有过年了还往外跑的?”燕子说。

“妈，你这是老思想了。现在开始流行‘反向团圆’，就是在老家的父母到子女所在的城市去过年。”园园说。

“我还是头一回听说这个词呢。”老叔跟我嘀咕。

二田家终于团圆了。两个儿子都回来过年，老大带着媳妇，老二从省城给爷爷李不倒买了助听器——李不倒耳朵背得厉害。

“明年过年可不一定能团圆了。老大明年恐怕得到丈母娘家去过。”二田媳妇说。

“二田家的老二倒是很孝顺他爷爷。”老叔说，“老二说等他买了房子，要接爷爷去省城。我看李不倒那体格，怕是去不了了。七十不留宿八十不留饭，李不倒都八十多了，坐车都费劲。”

李建国家里只剩下他老伴一个人。我在大门口跟她打了个招呼，没往院里去。

老叔告诉我:“李建国眼睛看不清东西，再系绳子也不管用，现在在市里住院呢，儿子儿媳都跟着去了。听说还有别的病。

现在啥样还不知道，没准就得在医院里过年了。”

“李桂花应该会回来把她妈接走吧，哪能让老太太一个人过年。”我跟老叔说。

大军家院子里特别热闹，他家正在杀猪。

村里的五六个小孩都跑来看。

“全上沟也就大军家还养着这么一头猪。他家不是有个养鸡场嘛，经常要买鸡饲料，就顺便买回几袋猪饲料。别人家早就不养了。”老叔说。

至于大家都不养猪的原因，老叔很理解：“一头猪差不多要养一年才能杀了卖钱。除去饲料、棒子成本，天天伺候，一年也就赚一千块钱出头。谁还养猪啊？”

以前，我们村里人常说“鸡猪狗猫”这个词，家家户户养着“一个两条腿，三个四条腿”。这回，大军家的猪一杀，我们整个村子，就只见鸡狗猫不见猪了。

二明家小超市里的鞭炮，似乎还没有三十年前他爷爷当掌柜的时候多。

“过年都是小孩子爱买鞭炮。现在村里没几个孩子，大人买的少，这几年越来越卖不动了。村里过年，可没咱们小时候热闹了。”二明告诉我。

二明家小超市旁边的棋牌室永远是村里最热闹的地方。临近春节，就更热闹了。

快过年了，村里来找李万财理发的人多起来。

李万财是我的亲三叔。

我一直认为，三叔下象棋下得好，是因为他腿脚不好。他的双腿从小患有风湿病，不能像村里其他人那样下地劳动。

三叔腿脚不好，所以心灵手巧。

村民的日常生活里，凡是涉及手工的活计，三叔几乎全都会干：理发，焊盆补锅，修理小推车、自行车、电动车，编筐、笊篱，修锁，刻章……几十年里，三叔一直为村民们无偿服务，有求必应，不求任何回报。很多家庭，一家三代，一直是三叔给免费理了几十年的头发。直到最近几年，村里人手里有了钱，请三叔帮忙干这些活计的时候，才有人给留下五块八块的。

王大粮说他爸爸王春雷生病卧床了，问三叔能不能到他家去理发。"过年了，我爸说生病也得捯饬捯饬。你腿脚不方便，不能让你白来，咋着也得给你十块钱。"

三叔说，不给钱也得去，祖祖辈辈的老街坊了。再说了，谁没有老的那一天呢。

我跟老叔挨家挨户走完了一遍。

我们整个上沟一共约有一百栋房子。其中，包括我家的老房子，一共有近二十栋平时没有人住，主人全家都已经搬到县里、市里或外地生活；有十几户人家只有一个人；有四十多户平时只有夫妻二人，在外面上学上班的子女，只在节假日或者家里有大事发生时才会回来；一家三口的有十几户，而这一家三口的多是年迈的父母和一个早已成年却没找到媳妇的儿子；一家四口以上的，不到十户。

村里的常住人口总共有一百六七十人。其中六十岁以上的有九十多人，四十岁到五十岁的有五十多人，四十岁以下的不到二十人。

老叔说："用不了三十年，咱们村子里所有的房子可能就都空了。"

三十年里，将会有很多人离开村子，也会有很多人，永远地留在北沟西沟东梁的山坡上。

而几乎可以肯定的是，已经离开村子的年轻人或者年轻人的孩子，不会再回到村子里居住了。

我独自回到我家的老房子看看。

我在屋子里、院子里，只想到过去的三十年，不去想三十年以后。

房檐下，那两个字——幸福，一直无声而清晰地存在。